夏《か》天《てん》の虹

みをつくし料理帖

髙田 郁

時代小説文庫

角川春樹事務所

目次

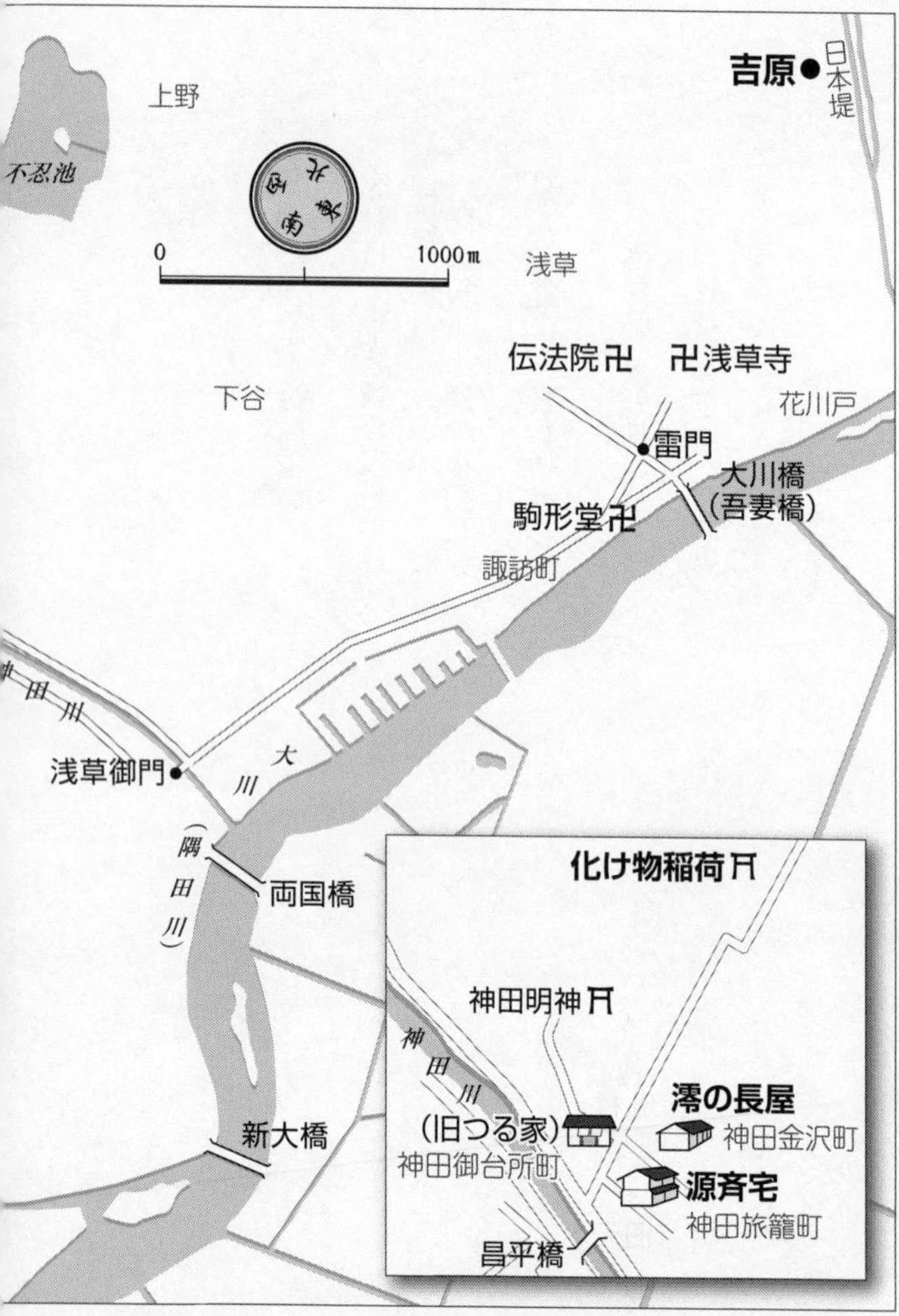

吉原
日本堤
上野
不忍池
北
東
南
西
0
1000m
浅草
伝法院
浅草寺
下谷
花川戸
雷門
大川橋
（吾妻橋）
駒形堂
諏訪町
神田川
浅草御門
大川
（隅田川）
両国橋
化け物稲荷
神田明神
神田川
澪の長屋
神田金沢町
（旧つる家）
神田御台所町
源斉宅
神田旅籠町
昌平橋
新大橋

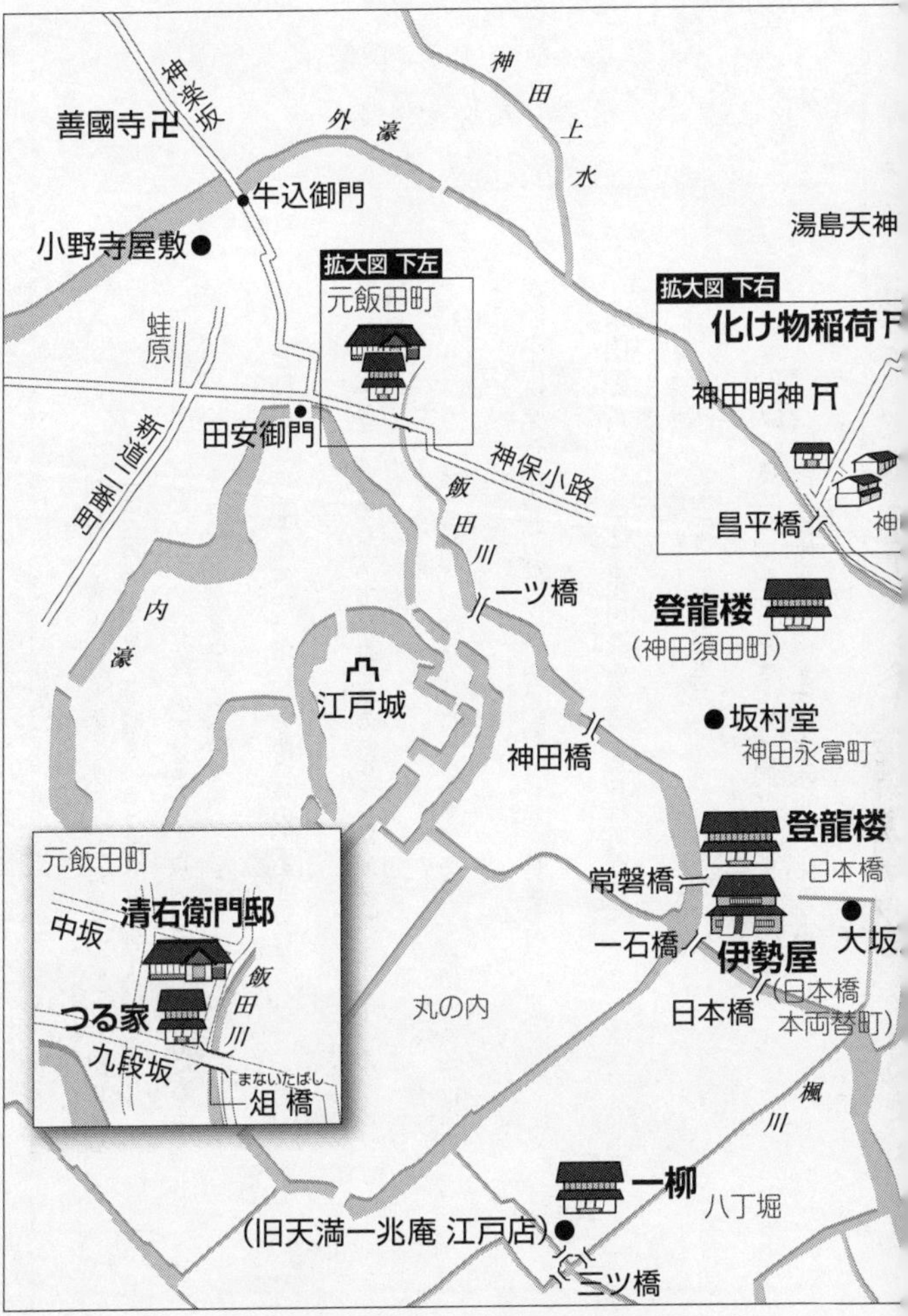

神楽坂
善國寺卍
外濠
神田上水
牛込御門
湯島天神
小野寺屋敷
拡大図 下左
元飯田町
拡大図 下右
化け物稲荷
蛙原
神田明神
田安御門
神保小路
新道一番町
飯田川
昌平橋
神
一ツ橋
登龍楼
(神田須田町)
内濠
江戸城
坂村堂
神田永富町
神田橋
登龍楼
日本橋
常磐橋
大坂
一石橋
伊勢屋
日本橋
(日本橋本両替町)
元飯田町
清右衛門邸
中坂
飯田川
つる家
九段坂
俎橋《まないたばし》
丸の内
楓川
一柳
八丁堀
(旧天満一兆庵 江戸店)
三ツ橋

『みをつくし料理帖』

主な登場人物

澪《みお》　幼い日、水害で両親を失い、大坂の料理屋「天満一兆庵《てんまいっちょうあん》」に奉公。今は江戸の「つる家」で腕をふるう若き女料理人。

芳《よし》　もとは「天満一兆庵」のご寮さん(女将《おかみ》)。今は澪とともに暮らす。行方知れずの息子、佐兵衛《さへえ》を探している。

種市《たねいち》　「つる家」店主。澪に亡き娘つるの面影を重ねる。

ふき　「つる家」の下足番。弟の健坊《けん》は「登龍楼《とりゅうろう》」に奉公中。

おりょう　澪と芳のご近所さん。「つる家」を手伝う。夫は伊佐三《いさぞう》、子は太一《たいち》。

小松原《こまつばら》　澪の想《おも》いびと。本名は小野寺数馬《おのでらかずま》。御膳奉行。

永田源斉《ながたげんさい》　御典医・永田陶斉《とうさい》の次男。自身は町医者。

又次《またじ》　吉原「翁屋《おきなや》」の料理番。

野江《のえ》　澪の幼馴染み。水害で澪と同じく天涯孤独となり、今は吉原「翁屋」であさひ太夫として生きている。

夏《か》天《てん》の虹

みをつくし料理帖

冬の雲雀《ひばり》——滋味《じみ》重湯《おもゆ》

　神田明神《かんだみようじん》下から不忍池《しのばずのいけ》へ六町（約六五〇メートル）ばかり緩々《ゆるゆる》と上った先に、その簡素な稲荷《いなり》社はある。

　前夜の強い凍《い》てが祠《ほこら》や神狐《しんこ》、枯草にあまねく銀の霜を置き、東天から注ぐ陽《ひ》がその忘れものをゆっくりと溶かしていた。風は全《まった》くない。冬霞《ふゆがすみ》の情景の中で、ひとりの娘がもう半刻《はんとき》（約一時間）近く息を詰めて、祠の前に蹲《うずくま》っている。他に人影はなく、ただ耳の欠けた神狐と古びた祠、それに枝を伸ばした一本の楠《くすのき》が、娘をじっと見守るばかりだ。

「化け物稲荷に誰か居やがる」

　天秤棒《てんびんぼう》を撓《しな》わせた寒蜆《かんしじみ》売りが、小路《こうじ》から薄気味悪そうに覗《のぞ》き見て、祟《たた》られでもしたら大変、とばかりにそそくさと去った。

　待ちびとではない誰かの去る気配に、娘は漸《ようや》く顔を上げる。首を捩《ね》じって周囲を見回すと、小さく息を吐いた。

――今朝もまた、小松原《こまつばら》さまに逢《あ》えなかった澪《みお》は掌《てのひら》の結び文《ぶみ》をぎゅっと握り締めて、両の肩を落とした。

霜月《しもつき》に入ってから三日。もう三日も無駄にしてしまった。明日は一の酉《とり》。お酉さまが始まれば、師走《しわす》まで瞬《またた》く間だ。早く小松原に、否《いな》、小野寺数馬《おのでらかずま》そのひとに、自身の気持ちを伝えねばならないのに。

想《おも》いびとと添う幸せ。

料理人として生きる幸せ。

決して交わることのないふたつの道の前で、悩み苦しんだ末に見つけた心星《しんぼし》。その心星を目指して生きようと決めた。自《みずか》らの決意を誰《だれ》よりもまず、想いびとに伝えねばならなかった。

だが、話が話だけに、小野寺家へ出向いていく訳にもいかず、武家奉公の手筈《てはず》まで整えてくれた早帆《さほ》を頼る勇気もなく……。唯一《ゆいいつ》、想いびとと逢えるだろう場所は、この化け物稲荷のみ。そう思い詰め、早朝にここで待つ旨《むね》の結び文を神狐の足もとに置いたものの、まるで触れられた気配もないのだ。

吐息を重ね、気を取り直して、掌でくしゃくしゃにしてしまった文の皺《しわ》を丁寧《ていねい》に伸ばす。ふと思いついて、髪から櫛《くし》を引き抜いた。粗末な棗《なつめ》の櫛を文に添えて、神狐の足もとにそっと置き直す。

「神狐さん、お頼《たの》申します。小松原さまに逢わせておくれやす」

くに訛《なま》りで囁《ささや》くと、澪は神狐の顔を柔らかく撫《な》でる。幼馴染《おさななじ》みの野江《のえ》によく似た面《おも》差《ざ》しの神狐は、常《つね》の如《ごと》く、ふふっと優しい目で笑っていた。


そのまま金沢町の裏店《うらだな》へ戻るはずが、足は自然につる家《や》へと向かう。今、顔を出してもどうにもならないのに、と思いながらも歩みを止められず、とうとう俎橋《まないた》まで辿《たど》り着いてしまった。


「お澪坊じゃねぇか」

冬晴れの空の下、俎橋を思案顔で行きつ戻りつする娘を呼び止める者が居た。

「どうしたんだよぅ、そんなとこで」

呼ばれて、澪ははっと背後を振り返った。見れば、橋の袂《たもと》でつる家の店主の種市《たねいち》が、見知らぬ男と連れ立ってこちらを眺《なが》めている。悪いところを見られてしまった気分で、澪は両の眉《まゆ》を下げながら種市に歩み寄ろうとした。

「急ぎますので、私はこれで」

三十過ぎの撫で肩の男は店主に丁寧に頭を下げると、澪にも軽く会釈《えしやく》をして、俎橋を渡っていった。すれ違う時に、仄《ほの》かな出汁《だし》の匂《にお》いがした。もしや、と澪は男の後ろ姿を見送って、種市に問いかけの視線を向けた。

「今度、お澪坊の替わりにうちへ来てくれる料理人だよ。腕は確かだし、人柄《ひとがら》も良さそうだろう？　何せ、あの『一柳《いちりゅう》』で十五年も修業をしたんだそうな」

種市は、澪に温かく頷《うなず》いてみせる。

「もうこれで店のことは何も心配いらない。安心して武家奉公に出るんだよ」

まぁ、せっかくだし、お茶でも飲んで帰りな、と種市は澪を店へと促《うなが》した。

つる家の表は、何時《いつ》ものようにふきの手で丁寧に掃き清められている。二度拭《ぶ》きされた格子《こうし》も艶《つや》やかだ。そこに見慣れた暖簾《のれん》が出ていないことが、澪には寂《さび》しくてならなかった。

神無月《かんなづき》最後の夜、自身の心星を見つけて、心は決まった。その日のうちに自らの決意を周囲に明かすことも出来たが、そうはせずに一旦《いったん》はつる家を引いた。誰よりもまず小松原に自身の気持ちを伝えるべき、と考えたからだった。だが、未《いま》だに相手には会えず、つる家に戻りたい、と店主に話すこともままならない。どう振る舞えば良いのか、澪は途方に暮れていた。

そんな娘の様子に全《まった》く気付かず、種市は、

「丁度、坂村堂《さかむらどう》さんと清右衛門《せいえもん》先生も見えて居なさる。俺《おら》ぁもう、肩が凝《こ》っちまってよう」

と、両の肩をぐりぐりと回し解《ほぐ》した。

勝手口から主《あるじ》のあとについて調理場へ入ると、煮炊《にた》きをしたあとの美味《おい》しそうな香りが漂《ただよ》っている。澪の敏感な鼻は、里芋《さといも》の匂いを嗅《か》ぎ取った。

「おお、これはこれは」

板敷に座っていた版元《はんもと》の坂村堂が、にこやかに箸《はし》を置いた。その横には戯作者《げさくしゃ》清右衛門。澪を見て露骨に顔を顰《しか》めたが、それでも身体《からだ》をわずかにずらし、隣りに座るよう顎《あご》で示した。ふたりして小鉢《こばち》の味見をしていた様子だった。

促されるまま澪が板敷に座ると、待ちかねたように坂村堂が話しかける。

「澪さん、武家奉公の準備は順調ですか？」

答えあぐねて両の眉を下げる澪の鼻先に、ついっと黒い小鉢が差し出された。中身は色濃く煮含められた里芋だ。上に黒い薬味がかかっている。

「ふん」

鼻を鳴らして、戯作者は眼差《まなざ》しだけで受け取るよう命じた。

「今度、こちらで働く料理人が試《ため》しに作ったものですよ。今日はただ挨拶《あいさつ》に来ただけなのに、清右衛門先生が急に『料理の腕を見たい。何か作れ』と無茶な注文をされまして」

坂村堂は、やれやれと肩を竦《すく》めてみせる。

新しい料理人が来る、との話を版元から聞いた清右衛門、頼まれもしないのにつる家に押しかけて、常客の自分の口に合う料理でなければ許さぬ、と騒ぎたてたのだぞうな。

「気を悪くして帰っちまうのかと思いきや、調理場にあった里芋でこんなものを拵《こしら》えなすった。さぁ、お澪坊、この箸を使いな」

種市から差し出された箸を手に、澪はしげしげと小鉢の里芋を眺めた。濃い出汁でしっかり煮含められた里芋は、如何《いか》にも江戸好み。仕上げに黒い薬味が振りかけてある。その薬味の正体がわからず、澪は鼻を小鉢に寄せた。辛みのある香り。

「あ」

低く声を洩《も》らすと、澪は汁を吸ってみた。鰹《かつお》の効いた爽《さわ》やかな出汁だ。次いで慎重に箸で里芋を挟み、口に運んだ。刹那《せつな》、何とも心地よい刺激が喉《のど》から鼻へ、つんと抜けていく。やっぱり、との台詞《せりふ》とともに里芋を噛《か》みしめる。

薬味の正体は胡椒《こしょう》だった。粗く砕いた胡椒を丁寧に擂《す》り鉢であたって細かくし、それを仕上げにぱらりとかけたのだ。凡庸《ぼんよう》な煮物のはずが、まるで違う逸品《いっぴん》になっている。充分に料理人の力量が窺《うかが》えた。

「お澪坊の黒胡麻あんをかけたのは絶品だが、これもちょいと良いだろう？」

脇からひょいと摘《つ》まみ食いして、種市は嬉《うれ》しそうに身を捩《よじ》った。

「こいつぁ、熱くした酒に堪《たま》らなく合うぜ」

澪は自分に注がれている戯作者の視線に気付いて、そちらを見た。清右衛門は、ふん、と一層大きく鼻を鳴らす。

「こうした肴《さかな》は酒の味を知る料理人にしか作れまい。さすがに悔《くや》しいだろう。お前は料理人としてまだまだ学ぶべきことが多いのだ。武家奉公など断って、さっさとつる家に戻れ」

途端、里芋を喉に詰めたらしく、種市が目を白黒させて胸を叩《たた》きだす。澪は慌てて板敷を下り、水瓶《みずがめ》の水を湯飲みに汲《く》んだ。

「清右衛門先生、まだそんなことを」

種市の背中を叩いてやりながら、坂村堂は恨めしげに戯作者を見た。

「澪さんの武家奉公は、もう決まった話なのですよ。第一、お武家さまの体面を損《そこ》なう真似《まね》など、町人に出来るわけはないでしょう」

先方から望まれてのこと、仮にこちらから断るような真似をすれば、澪のみならず、つる家の店主や親代わりの芳《よし》にも、どのようなお咎《とが》めがあるやも知れない、と坂村堂は珍しく声を荒らげた。

湯飲みを持つ手が震えて、水が零《こぼ》れそうになる。何とか動揺を悟られないように、澪は種市に湯飲みを差しだした。

「危うく里芋でお陀仏《だぶつ》になるとこだったよぅ」

水を飲んで漸《ようや》く里芋を胃の腑《ふ》へ流し込んだ種市は、憎らしそうに清右衛門を睨《にら》んだ。

「旦那《だんな》、この娘の幸せに水を差すような物言いは今後一切、止《や》めてくんな」

「店主が馬鹿ゆえ、奉公人も大馬鹿なのだ。そんなことだから、登龍楼《とりゅうろう》に出し抜かれてしまうのだぞ」

「登龍楼？」

何故《なぜ》、今その名前が出るのか、と店主は首を捻《ひね》っている。それがますます清右衛門を苛立《いらだ》たせたらしい。

「何も知らぬのか。長月半《ながつきなか》ば、日本橋登龍楼は神田須田町の店を閉め、新たに吉原《よしわら》の江戸町《えどちょう》に新店を出したのだ。常日頃、不味《まず》い喜の字屋《じや》の仕出ししか知らぬ廓《くるわ》の客たちは狂喜乱舞、大変な評判となっておるのだぞ」

あっ、と種市と澪は思わず顔を見合わせる。澪が翁屋伝右衛門《おきなやでんえもん》からの話を断った結果が、そうした展開になったのだろう。

「ぼやぼやしている間に、もう誰もこんな店のことなど思い出しもしなくなる。あとで悔《く》いたところでもう遅いのだぞ」

馬鹿者め、と戯作者は捨て台詞を投げつけると、板敷を踏み鳴らして下り、勝手口から不機嫌そうに出ていく。丁度、買い物をして戻ったふきと突き当たったが、尻餅《しりもち》をついた少女を助け起こしもしなかった。

「ふきちゃん、大丈夫？」

駆け寄って手を貸す澪に、ふきは、澪姉さん、と呼んでぱっと顔を輝かせた。ほんの三日、会わなかっただけなのに、と澪は口もとを緩めてみせた。

坂村堂と種市とが話し込んでいる間に、ふきとともに外へ出た。軒《のき》に干しておいた大根の様子を見ながら、ふきの話を聞く。

つる家が休んだ初日は、お客が詰めかけて戸を叩いたりして騒ぎになったものの、種市のひと言が皆の怒りを鎮《しず》めた、とのこと。

まあ、と澪は低く呻《うめ》いた。

「それじゃあ旦那さんは、私の嫁入りが決まった、と？」

はい、とふきは邪気も無く応《こた》えた。

「それまで怒っていたお客さんたちも『そりゃあ目出度《めでた》い話だ、何よりだ』って」

そんな事情なら仕方ない、次の料理人が決まるまで待つ。ただし、次は嫁に行かない男の料理人にしてくれ——と、そんなことを懇願《こんがん》するお客まで居た、と。

気持ちが萎《な》えそうになるのを、澪は辛《かろ》うじて堪《こら》えた。

萎《しお》れた澪を案じて、ふきはその顔を覗き込む。

「ご寮《りょん》さんに黙って出て来たから、悪いけどこれで帰るわね。ふきちゃんから旦那さんにそう伝えておいて」

澪に言われて、ふきは頷いた。

路地を抜け、俎橋の方へ歩きだした澪のあとを、ふきは密かに追う。橋の袂《たもと》まで来た時、すっと手を伸ばして、澪の袖《そで》を摑《つか》んだ。

澪が振り返ると、少女は不安そうに瞳《ひとみ》を揺らせていた。

「澪姉さん、澪姉さんは、もしかして……」

そう言ったきり、ふきは口を噤《つぐ》んで俯《うつむ》いた。そっと手を差し伸べて少女の髪を撫でると、澪は、またね、とだけ応えた。

冬の夜はうんざりするほど長い。おまけに底冷えが容赦《ようしゃ》ない。

暖を取る炭や行灯《あんどん》の油が惜しいので、冬は早々と寝床に潜《もぐ》り込むのに限る。ここ金沢町の裏店の住人たちも、すでに眠りについているらしく、薄い引き戸の向こうはしんと静まり返っていた。

先刻から土間に蹲《うずくま》り、石で銀杏《ぎんなん》の殻《から》を砕いていた澪は、その音が大きく響くようで、時折り、気になって手を止める。耳を澄ましても、裏店の他の住人の眠りを妨《さまた》げた様子はなく、ほっと安堵《あんど》する。

板張りでは芳が行灯を引き寄せて、熱心に縫物《ぬいもの》をしていた。澪のために、純白の縮《ちり》緬地《めんじ》で襦袢《じゅばん》を仕立てているのだ。芳の身に着けているのが寄せ裂《きれ》の襦袢なのを知っている澪は、何とも辛《つら》く、切なくてならない。

今、芳に自分の気持ちを洗いざらい打ち明けることが出来たなら、どれほど楽になれるだろう。芳のわずかに丸くなった背中を見て、しかし澪は唇を固く引き結んだ。己の弱さを打ち砕く思いで、拳《こぶし》大の石を握り直して、ごんごんと銀杏を打ち据える。

「あっ」

力が籠《こも》り過ぎて、殻だけでなく銀杏の中身まで潰《つぶ》してしまった。何とか実を取り出そうとして、指で殻を触った拍子に、思いがけず尖《とが》った殻が人差し指の腹に刺さり、たらたらと血が流れた。傷口を唇で吸ううち、ふいに涙が零れそうになった。

坂村堂が話していた通り、武家奉公をこちらから断れば、芳や種市にまで災《わざわ》いが及んでしまう。それだけは避けねばならない。でも、一体どうすれば……。

「澪、どないしたんや」

殻を砕く音が絶えてしまったからだろう、芳が縫物の手を止めて、顔を上げた。

「殻が指に刺さってしまって。でも、もう抜けたので大丈夫です」

澪は指を口にしたまま、くぐもった声で応えた。

ほうか、と芳は心配そうに眉を顰《ひそ》める。それから手にした針で髪を撫で、またせっせと縮緬地に針を刺していく。

火の用心、火の用心
さっしゃりましょう
深夜、拍子木の音とともに、木戸番《きどばん》の声が夜の底で凍《こご》えている。薄暗い行灯のもと、芳は目を凝らしながらまだ縫物の手を止めない。身体に障《さわ》る、と澪が口を開きかけた時に、とんとん、と引き戸を軽く叩く音がした。

「ご寮さん、澪ちゃん、夜分に済まねぇ」

聞き慣れた声に名を呼ばれ、澪はさっと立ち上がって引き戸を開く。

提灯《ちょうちん》を手にした伊佐三《いさぞう》がそこに立っていた。

「遅くに悪いな。おりょうの奴からこれを頼まれて」

伊佐三は澪に、緩く巻いた紙を差し出した。

受け取って開いてみると、白黒の洒落《しゃれ》た一枚刷りだった。

「まあ、来年の柱暦《はしらごよみ》だわ」

「まだ買っちゃいねぇだろ？」

伊佐三の問いかけに、澪ははい、と頷いた。伊佐三おりょう夫婦の心遣《こころづか》いが、胸に宿る不安をわずかに軽くしてくれた。

「まあまあ、伊佐三さん、おおきにありがとうさんだす。もう来年の暦の出る頃になったんだすなあ」

芳が板張りに正座して丁寧に挨拶をする。

「その後、親方のお加減はどないだす？　卒中風《そっちゅうふう》を患《わずら》わはってから随分になりますなあ。寒い時やさかい、案じてました」

「おりょうが太一《たいち》を連れて向こうであれこれ世話やいてるのが効いて、もう随分と良いんだ。年明けにはひとりで暮らせるようになるだろう、って医者は言ってる」

気にかけてくれてありがとよ、との言葉を残して、伊佐三は向かいの部屋へ帰っていった。

「あら」

行灯の火を消す前に、もらったばかりの来年の暦を眺めていた澪は、思わず声を洩らした。どないしたんや、と芳が脇から覗き込む。

「来年も、三の酉までありますよ、ご寮さん」

「何やて、今年ばかりか来年も？」

霜月に酉の日が三度ある年は火事が多い、と聞く。火事で天満《てんま》一兆庵《いっちょうあん》を失い、神田御台所町《おだいどころまち》にあったつる家を失ったふたりにとって、それはもっとも恐ろしいことだった。悪い予感に身を震わせる芳に、澪は、ことさら柔らかな声でこう伝えた。

「大丈夫です、ご寮さん。今年も三の酉までありますが、去年よりずっと火事は少ないと聞いてますから」

翌日は奇《く》しくも一の酉、鷲《おおとり》神社の祭礼で市《いち》が立つ日でもあった。昨日とは打って変わって、頭上には鉛のような曇天《どんてん》が広がる。

小松原さまに逢わせてください。

どうか、どうか、小松原さまに逢わせてください。

胸のうちで繰り返しながら、澪は化け物稲荷へと続く道を急ぐ。

二軒目の辻番《つじばん》小屋を過ぎ、化け物稲荷が目の前に見えたところで、天からちらちらと白いものが舞い降りてきた。

「まあ、雪」

この冬、初めての雪だった。

澪の広げた掌に触れるや否やすっと溶けて消える、心もとない淡い雪。けれどもそれが想いびとの訪《おとず》れの兆《きざ》しのように感じて、澪は夢中で化け物稲荷へと駆けた。

果たして、風花《かざはな》の舞う中、稲荷社の前に佇《たたず》む錆御納戸《さびおなんど》の綿入れ羽織《ばおり》の背が見えた。見慣れた浪士の姿ではないが、澪にはひと目でそれが想いびとだと知れた。俯き加減なのは、結び文を解いて読んでいるからだろうか。

「小松原さま」

思うより先に声が出た。

振り向いた男が、澪を認めてぎゅっと目尻《めじり》に皺を寄せる。

「よう、下がり眉」

その笑顔を見た途端、これまで抱《かか》え込んできたさまざまな想いが胸に溢《あふ》れて、声を上げて泣きだしそうになった。決してそうはしまい、と奥歯を噛み締めて耐える。

「どうした」

小松原は大股《おおまた》で澪に歩み寄ると、その顔を覗き込んだ。

澪は戦慄《わなな》く唇を無理にも引き結んだまま、男の双眸《そうぼう》をじっと見つめた。その瞳に澪の顔が映り込んでいる。澪は、あたかも己の胸の奥底を覗くように、想いびとの瞳の中の自身に見入った。

「俺の目の中に何か在《あ》るのか」

茶化しかけた小松原だが、娘の真摯《しんし》な眼差しにふっと口を噤む。

想いびとの瞳の中で、もうひとりの澪がこちらを見ている。汲めども尽きぬ想いびとへの思慕に揺れながら、周囲を巻き込むことへの戦《おのの》きで震えながらも、一番大切なものを見失わないで、と懸命に語りかけてくる。

澪はそっと瞳を閉じた。

瞼《まぶた》の裏に、輝くものが見える。

ここだ、お前が目指すべき道はここにある、と澪に静かに語りかける星の瞬《また》き——

あの夜に見上げた心星だった。

弾《はじ》かれたように小松原から身を離すと、澪は膝《ひざ》を折って両の手を土に置いた。

「お許しくださいませ」

額《ひたい》を地面に擦《す》り付けて、澪は掠《かす》れた声を絞《しぼ》る。

「料理は私の生きる縁《よすが》です。どうあっても、それを手放すことなど出来ません。この命のある限り、ひとりの料理人として存分に料理の道を全《まっと》うしたいのです」

懸命に許しを請《こ》う娘を、男は暫《しば》し無言で眺めたあと、ゆっくりと天を仰《あお》ぎ見た。

遠慮がちに舞っていた初雪は、徐々に勢いを強めて白い矢となり、地上のふたりを目がけて間断《かんだん》なく落ちてくる。小松原は天を仰いだまま、ふっと息を吐いた。

緩やかに視線を娘に戻すと、その傍《かたわ》らに片膝をつく。

「顔を上げよ、下がり眉」

男の声に、澪はゆっくりと顔を上げた。

降りしきる雪の中で、男が穏《おだ》やかな目を向けている。

「その道を選ぶのだな」

静かな声だった。

問いかけ、というよりも、すでに了知していることを確かめるような語り口だった。

「はい」

澪は男の眼差しを受け止めて、低い声で応える。

武家奉公もせず、御膳奉行《ごぜんぶぎょう》の妻にもならない。想いびとと結ばれることもなく、里《り》津《つ》や早帆を始め、周囲の好意も踏みにじる。それでも、自分はその道を選ぶのだ。

娘は男から目を逸《そ》らさず、男もまた、一心に娘を見つめ返す。

「そうか、相《あい》わかった」

目もとを和《やわ》らげると、小松原はそのまま祠に向き直り、両の掌を合わせて短い間、祈った。そうして膝を伸ばすと、澪を振り返った。

「ならば、その道を行くのだ。あとのことは何も案ずるな」

抱え込んでいた不安を見透《みす》かされたように感じて、澪ははっと息を呑《の》んで立ち上がった。

「お前は誰にも何も言わずとも良い。全《すべ》て俺に任せておけ」

わかったな、とさらに念を押してみせる男に、澪は堪らなくなって顔を歪《ゆが》めた。小松原は、泣くな、とばかりに軽く首を振る。ふと手にしたままの櫛と文に気付くと、男は少し考えて、文を懐《ふところ》に捻《ね》じ込み、櫛を持つ手を娘へと伸ばした。思わず身を引こうとする娘の肩を押さえ、その髪にそっと櫛を挿《さ》す。

雪の匂いがしていた。

今一度、娘の瞳を覗き込むと、男は温かな声で告げた。

「良いか、澪。その道を行くと決めた以上、もはや迷うな」

道はひとつきりだ、と言い置くと、小松原は娘に背を向けた。

銀華の幕越しに、去っていく男の背を見つめていて、初めて男から、澪、と名を呼ばれたことに気付いた。そして自身は最後まで男の本当の名を呼ばないままだった、と。


「雪の中を出歩いたせいやと思います」

夢現《ゆめうつつ》に、芳の声を聞いた。

「えらい高い熱が出て、随分と心配しましたが、源斉《げんさい》先生のお薬が効いて、今日で三日、よう休んでますよって、もう大丈夫かと」

「そうかい、そいつぁ何よりだ」

応えているのは、種市のようだ。

起きなければ、と思うのだが、身体に力が入らない。重い瞼を何とか持ち上げると、枕《まくら》もとに大きな熊手《くまで》が立てかけてあるのが見えた。おかめ飾りで「おとりさま」の熊手と気付く。種市が持って来たのだろう。

江戸で迎えた初めての冬。同じく一の酉に種市から熊手をもらったことを思い返す。ほんの三年前のことなのに、遥《はる》か遠い昔に思われた。

ふたりの会話が途絶えて、代わりに、何か紙でも広げているのか、ぱさぱさと軽い音がした。

「見ての通り、早帆さまからの文には、格別、理由は書かれてねぇんだが……」

「へえ、読ませて頂きましたが、駒澤家《こまざわ》へ澪がご奉公に上がるんを、ひと月ほど延ばしてほしい、と書かれてあるだけだすなぁ」

芳が文を畳んでいるらしい気配がする。

短い沈黙を挟んで、種市の咳払《せきばら》いが聞こえた。

「まあ何だ、奉公人を受け入れる側にも色々と準備があるんだろうよ。こっちは、お澪坊と別れるのがひと月延びた、と思うことにしようぜ」

無理にも朗《ほが》らかに話す種市の声を聞きながら、澪は再び眠りに引き込まれていく。

——ならば、その道を行くのだ。あとのことは何も案ずるな
閉じた瞼の奥に、和らいだ眼差しの男の面影《おもかげ》が映り、その声が蘇《よみがえ》る。

——お前は誰にも何も言わずとも良い。全て俺に任せておけ
男の面影に、澪は、はい、と頷いてみせる。

鼻の奥に、雪の匂いが帰ってきた。

霜月もまだ二十日ほど残っているのだが、気忙《きぜわ》しさからか、俎橋を行き交うひとびと

との足は速い。老いた暦売りや、物乞《ものご》いの願人坊主《がんにんぼうず》、遠目にも艶々《つやつや》とした蜜柑《みかん》を売り歩く棒手振《ぼてふ》り。この時季ならではの姿も見受けられて、澪は先刻から、二階座敷の外の桟《さん》を拭《ふ》く手を止めたまま、飽かず眺めていた。

「お澪坊、掃除なんて良いから、ちょっと下へ来てくんな」

廊下から中を覗いて、種市が澪を呼んだ。気のせいか、声が尖っている。

熱も下がったので、熊手のお礼も兼ねて、つる家に顔を出した。つる家に戻りたい、との願いを今はまだ口に出来ないけれど、せめて掃除くらいは、と自ら買ってでた澪であった。

出過ぎた真似だっただろうか、と両の眉を下げたまま、店主について階下へと急ぐ。

「今、多浜《たはま》さまからの使いが来て、明後日《あさって》の昼、つる家を訪ねるから、ご寮さんとお澪坊にも居てほしい、だとよ」

一階の入れ込み座敷にどすんと座ると、種市は一層、声を尖らせた。ふきが気にして、土間からこちらを覗いている。

「お澪坊の前だが、俺ぁ、武家のこういう回りくどいとこが気に入らねぇ。やれ日延《ひの》べしろ、だの、話に行くから頭数そろえとけ、だの。町娘のお澪坊が御旗本《おはたもと》の嫁になる、そのための武家奉公だ。色んなとこから横槍《よこやり》が入るに決まってらあ。その説得に刻《とき》がかかる、とだけ言ゃぁ良いのによぅ」

種市は畳にごろりと大の字になり、むしゃくしゃするぜ、と手足をばたつかせた。

俺に任せておけ、と言った小松原の言葉に縋《すが》り、澪は誰にも何も話していない。自身では何もせずにただ刻を稼いでいることで、時折り、身の置き所がなくなる。

黙り込んで俯《うつむ》いたままの娘に気付いて、種市は言い過ぎた、と思ったのだろう。

「お澪坊、俺ぁ腹が減って敵《かな》わねぇや。何か旨いもんを作ってくんな」

と、声を緩めた。

はい、と応えて澪はさっと立ち上がる。またここの調理場に立てる。たとえ今は賄《まかな》いであろうと、静かな喜びを感じる澪だった。

弾むように調理場へ向かう娘の姿に、店主は、

「今度の料理人に来てもらうまで、あと五日もありやがる。いっそのこと、残り五日、お澪坊に戻ってもらって暖簾を出したいくらいだぜ」

と、また手足をばたばたさせた。

前夜から明け方にかけての絶え間ない雪が、江戸の町並みにぽってりと厚い綿帽子を被《かぶ》せていた。子供と通人《つうじん》よりほかに、積雪はあまり歓迎されない。ことにひと通り

の多い道は、いち早く泥濘《ぬかるみ》と化し、歩くのに難儀するのだ。

「ご寮さん、大丈夫ですか」

澪は、泥濘に足を取られそうになっている芳に、さっと手を差し伸べた。おおきに、と芳はその手を取り、慎重に歩く。

「多浜さまも、こんな日ぃに難儀なことやろなあ。けど……」

一体どんなお話だすやろ、と小さく付け加えて、芳は澪に目をやる。澪はただ、黙って真《ま》っ直《す》ぐに前を見ていた。

ぬかるんだ道の先、俎橋が緩やかに弧を描いていた。


「多浜重光《しげみつ》、この通りでござる」

小野寺家用人《ようにん》の多浜重光は、前回と同じく入れ込み座敷に通されると、種市と芳、それに澪が揃《そろ》っているのを確かめるなり、居住まいを正して畳に両の手をついた。そして、白髪《しらが》頭を深く垂《た》れ、平伏してみせたのだ。

用人の予期せぬ所作《しよさ》に、種市は度肝《どぎも》を抜かれた。

「ちょ、ちょっと待っておくんなせえまし」

おろおろと狼狽《うろた》えたまま、種市は用人に取り縋る。

「いきなりどういうことですかい、多浜さま。そんな、いけねぇよう、お武家さまが俺らみたいなもんに、軽々しく頭を下げたりなすっちゃあ」

「いや、まずは何よりこうせねば、拙者の気が収まらぬのだ」

重光はそう言って、顔を上げようともしない。

弱っちまったなあ、と店主は自分も畳に這《は》い蹲《つくば》った。

「わかってますよ、周りの説得に思わぬ刻がかかって、お澪坊を受け入れるのが遅れそうだってんでしょう？」

膝に手を揃えたまま、その様子を見守っていた芳だが、脇の澪に視線を移して少し考えると、わずかに身を前へとずらせた。

「多浜さま」

柔らかな声で相手を呼ぶと、白髪頭に向かって話しかけた。

「もしや、澪の武家奉公のお話を……否、のちのちの嫁入りの話自体を取り止めにしたい、いうことだすやろか」

弾かれたように顔を上げた重光だが、その剝《む》いた双眸や、半開きになった口もとから、かなりの驚愕《きょうがく》が読み取れた。

「何故それを……」

重光の言葉を聞いた途端、

「な、何だって」

と、種市は裏返った声で叫んで、矢庭に重光の胸ぐらを両の手で摑んだ。

「そ、それは本当か。本気でそんなことを言いに来たってのか」

「旦那さん、駄目です」

澪は咄嗟《とっさ》に、店主を羽交《はが》い絞《じ》めして叫んだ。

「相手はお武家さまです」

以前、茶碗蒸《ちゃわんむ》しのことで侍に口応えをした澪を庇《かば》い、土下座までした種市なのに。

澪は必死に、激昂《げきこう》する店主の動きを封じた。

「お澪坊、放せ、放してくれ」

澪を振りほどこうと、種市は身を捩ったが、果たせない。

見かねて芳が、店主と重光の間に割って入った。

「多浜さま、わけをお聞かせ願えませんやろか」

物静かだが、否を認めぬ強さがあった。

火鉢をひとつ置いたきりの底冷えのする座敷で、重光の額からは汗が噴き出している。老侍は、再度、畳に両手をつくと、存外つかえもせずに、

「小野寺家は先般申した通り三河《みかわ》以来の御旗本ゆえ、殿の縁組は一族にとっての一大事。やはりご親戚筋《しんせきすじ》からの反対が多く、また、覚華院《かくけいん》さまのご容体も思わしくない。無理を通してこの話を進めても、何ひとつ良いことはないのだ」

と、一気に言い終えた。

「そんなこたぁ、とっくにわかってたことじゃねぇのか」

無理にも澪を振り払って、種市は仁王立《におうだ》ちになる。

「ひとの気持ちを弄《もてあそ》んだ挙句《あげく》、踏みつけにしやがって」

「旦那さん」

振り返っての一瞥《いちべつ》で店主の動きを封じると、芳は厳しい表情で重光に臨《のぞ》んだ。

「つる家の旦那さんの言わはる通り、ご親戚筋の反対も、覚華院さまのご容体のことも踏まえた上で、それでも澪を、とのお話だした。今さらそれを理由に全てを白紙に、というのは妙な話だす」

重光の眼《め》が虚《うつ》ろに泳いでいる。

誰もが次の言葉を待つのだが、重光は無言で滴《したた》り落ちる汗を拭《ぬぐ》うばかりだ。

「お茶をお持ちしました」

こちらの様子を間仕切り越しに見守っていたのだろう、絶妙の間でふきが客用のお茶を運んできた。

ふきの姿を見て、大人《おとな》げないと思ったのか、店主は渋々、座り直した。重光は救われたように茶碗に手を伸ばし、中身を啜《すす》った。ほんの少し、座が温まった。

「私は商家の出ぇだすよって、商家同士の縁組しか知らへんのだすが、縁組前に話が壊れるんはそう珍しいことでもあらしまへん」

四方山《よもやま》話でもするように、芳は淡々と話す。

「私がよう見聞きしたんは、もともと片方に別のお相手がいてはった、とか、調べてみたらどうもならんおひとやった、とか。大抵はそんな理由だした。それと、あとひとつ」

一旦、言葉を区切ると、芳は声を落としてこう続けた。

「新たな縁談が持ち込まれて、それが店として格上やったり、よう繁昌《はんじょう》してはったり……要するに、もとよりも遥かにええお話が来た場合は、おおかた、もとの縁談は消えてなくなります」

「何だって」

種市は目を剝き、重光を恐ろしい形相《ぎょうそう》で見た。

ごほごほと咽《むせ》て、重光は苦しそうに顔を真っ赤にしている。咳はなかなか収まらず、重苦しい室内に激しい咳だけが続いた。

これは全部、小松原さまが考えられた筋書きに違いない。澪は、両の膝をきゅっと摑みながら、そのことを確信した。

重光の咳が収まって、室内から音が消えた。芳は視線を畳に落としたまま、種市は種市で腕を組んで眉根を寄せたまま、誰も口をきかない。

「よし、わかった」

長い沈黙のあと、店主は、腕を解いて両の腿《もも》に置いた。激昂は去り、替わりにどうにも虚《むな》しい眼をしていた。

「お澪坊は武家奉公に出さねぇし、どっかの旗本の養女にもしねぇ。小野寺だか小松原だか知らねぇが、やつのところへ嫁《とつ》がせたりもしねぇ。この話はもう終わりだ」

さっさと帰ってくんな、と言い置いて、種市は疲れた足取りで内所《ないしょ》へと消えた。

「この度《たび》は、何とも……」

芳と澪に送られて、店の表に出た重光は、そのあとを言いよどんで、結局黙り込んだまま一礼すると歩きだした。

九段《くだん》坂は、雪が解けて斑模様《まだらもよう》が施《ほどこ》されている。老いた侍は疲弊《ひへい》した足取りでその坂を上っていく。芳が見送りを切り上げて店の中へ戻ってしまっても、澪はその場に佇《たたず》んでいた。

重光の姿が坂の上に吸い込まれて消えた時、澪は小野寺家の方に向かって深く首《こうべ》を垂れた。


「では、二十日から？」

つる家の調理場の板敷でお茶を飲んでいた坂村堂は、湯飲みを盆に戻して、丸い目をきょとんと見張った。その隣りで清右衛門が苦虫を噛んだような顔をしている。

「へい、そうさせて頂こうと思っておりやす」

常になく改《あらた》まった声で応えて、種市は版元に向かって丁寧に頭を下げた。土間に控《ひか》えていた芳と澪もこれに倣《なら》う。

澪の武家奉公の話が無くなって、種市はすぐに一柳に詫《わ》びを入れに走った。もと通り澪に調理場を任せるので件《くだん》の料理人を断りたい、という話を聞いた一柳の番頭《ばんとう》から、澪が戻るにしても、料理人はもうひとり必要ではないのか、との提言があった。また、今さら約束を反故《ほご》にされても、と当の料理人から苦情も出た。

「揉《も》めそうになったところへ、一柳の旦那が割って入って、その場を収めてくださったんですよ。本当に助かりました」

一柳の店主、柳吾《りゅうご》は坂村堂の実父にあたる。種市は今一度、版元にお辞儀をした。

坂村堂は曖昧《あいまい》な表情で泥鰌髭《どじょうひげ》を撫でている。

「それならば」

戯作者が、険《けわ》しい眼で店主を睨んだ。

「何故、その日から店を開けぬのだ。二十日まで客を待たせるとは、一体どういう了見か。わしがここで最後に食ったのは、嫌いな塩秋刀魚《さんま》と不味《まず》い漬物のみ。もう、ひと月以上もつる家の茶碗蒸しを食っておらぬのだぞ。おまけに、苧環《おだまき》とかいうものも食いそびれたのだ。実に許しがたい」

最初は神妙に聞いていた店主だったが、話の流れに、おやっ、と首を捻っている。

それだけではないぞ、と戯作者は怒りに任せて言い募《つの》る。

「蕪《かぶ》はどうするのだ。ぐずぐずしていたのでは、蕪の最《もっと》も旨い時季を逃してしまうではないか。このわしに、つる家の蕪料理を食わぬまま過ごせ、と言うのか」

くすっ、と小さな笑い声がした。先ほどから土間の隅《すみ》でお茶の番をしているふきだった。大人五人が一斉に自分を見たことに気付いて、少女は顔を真っ赤にして、済みません、と小さく詫びた。

「そう言やぁ、清右衛門先生は蕪に目が無かった」

種市が素《す》っ頓狂《とんきょう》な声を上げ、堪えきれずに坂村堂が吹き出した。憤懣《ふんまん》やるかたない、という表情の戯作者を残して、ひさかたぶりに、調理場に笑い声が溢れる。朗らかに笑う皆の様子に、澪は救われた思いがして、わずかに頬《ほお》を緩めた。


朝、凍《い》て風に震えあがりながら仕事場へと急ぐ職人たちが、つる家の前でぴたりと足を止めた。軒先に笊《ざる》が並べられ、半月切りの大根が沢山《たくさん》、干されているのだ。

「この形の大根、確かに割籠《わりご》の中にあったぜ」

「ああ、ここの女料理人が考えた、あれだろ」

「そうとも、油焼きだ」

見知らぬ同士が、笊を前にひそひそと立ち話を始める。

折しも、出汁《だし》の良い匂いが流れてきて、それだけでごくりと喉を鳴らす者が居る。軽い下駄の音をさせて勝手口から表へ回ってきたふきを、早速、男たちがぐるりと取り巻いた。

「おい、今日からか？」

「今日から店を開けるのか？」

はい、とふきが頷くと、わっと歓声が上がる。

その声は、井戸端《いどばた》で水を汲んでいた澪とりうの耳にも届いた。

「澪さん、良かったですねぇ」

りうがしみじみと言って、澪の背をぽん、と叩いた。

澪は声もなく微笑《ほほえ》んで、水を汲み続ける。桶《おけ》を抱えて、りうがふたつ折れのまま勝手口の奥へと消えたあと、澪は蹲《うずくま》ったまま、両の手を合わせた。

小松原のことを想うと、今も胸に錐《きり》を突きたてられたかのように痛みが走る。けれども、今日から再び、料理人としての人生を歩むことが出来る。そのことが有《あ》り難《がた》くてならなかった。

四つ半（午前十一時）を過ぎ、つる家の暖簾が店の表にかけられると、次々にお客たちが中へ吸い込まれていく。

二十日ぶりにお客を迎え入れるつる家なのだ、下足番《げそくばん》のふきも、お運びの芳、りう、それに店主もそれぞれの持ち場で懸命に動き回ったが、どの顔も喜びに溢れていた。

入れ込み座敷のお客たちは、早速と運ばれてきた膳を前に、おや、と揃って首を傾げた。茶碗蒸しに白飯、それに大根葉と雑魚《じゃこ》の甘辛煮、蕪の柚子《ゆず》漬け。いずれも、つる家の冬の定番料理だ。

「確か、料理人は替わったはずだよな」

「ああ。嫁に行くと聞いたぞ」

妙だな、と言いながら、誰もがまず塗りの匙《さじ》を手に取って、茶碗蒸しの黄色い生地にすっと差し入れる。ふるふると震える柔らかなそれを口に入れた途端、どのお客もうっとりと目を閉じた。

ふう、と長く息を吐く者。くうう、と声を洩らす者。ただただ、天井を仰ぐ者。

「こいつぁ、俺のよく知ってる味だ」

「おうとも。たとえ江戸がどれほど広くとも、このとろとろ茶碗蒸しを作れる料理人がふたりと居るとは思えねぇや」

お客同士の会話を耳にして、種市は膳を運ぶ足を止め、相好《そうごう》を崩す。

「嬉しいこと言ってくれるねぇ。その通りさ。料理人は替わっちゃいねぇよ。これからもつる家で腕を振るうから、宜《よろ》しく頼むぜ」

浮き浮きと膳を運ぶ店主の姿を横目に、常客のひとりが、

「ここの料理人ってのは、気の毒なほど眉の下がった年増《としま》女だろ？　ひょっとして男に逃げられたんじゃねぇのか？」

と、ご丁寧に両の指で眉をぐいっと下げてみせた。

ああ、と周囲のお客たちが納得《なっとく》の表情で深く頷く。可哀想《かわいそう》になあ、だの、気の毒に、

だのというひそひそ話は、入れ込み座敷の隅々まであっという間に広がった。

「妙ですねぇ」

膳を下げながら、りうが首を捻っている。

膳の上のお代《だい》が、いつもより少し多いのだ。同じく用済みの膳を手にした芳が、まあ、とりうの膳を覗いて呟いた。

「こっちも一緒だす」

芳の膳にも、四文銭《しもんせん》がひとつ余分に置かれている。りうは膳を置くと、澪の方を気にかけつつも、芳に目配《めくば》せしてみせた。

内所へ続く土間に移って、りうは一段と声を低める。

「さっきなんて、料理人に渡してくれ、と小粒銀《こつぶぎん》を握らせたお客が居ましてね。『色々あるだろうけど、戻ってくれてありがとよ』なんて伝言を頼まれちまいました」

「ご祝儀……にしては、妙だすなあ」

ふたりはそっと、背後の料理人を振り返る。何も気付くことなく、澪は丁寧に柚子の皮を削《そ》いでいた。

つる家が店を再開した、という話を聞きつけて、お客たちが続々と詰めかけ、その日は結局、六つ半（午後七時）を回って暖簾を終《しま》うまで畳の冷える暇はなかった。

種市とふきに見送られてつる家を出ると、冷気が首筋から背筋に忍び込み、澪と芳はぶるぶると震えあがった。

月の姿はまだ天になく、星明かりに守られ、寄り添うようにして俎橋を渡る。途中、振り返ると、店の前にまだ少女の姿があったので、澪は軽く提灯を振って、中に入るよう促した。

「疲れたやろ、澪」

労《ねぎら》う芳の声も、疲労で掠れている。

「大丈夫です。ご寮さんこそお疲れでしょう」

それきり会話は途絶え、ふたりは黙ったまま家路を急いだ。

思えば、小野寺家の用人が帰って以後、つる家では誰も件《くだん》の話題に触れない。店主から経緯を聞いているはずのりうも、何も言わない。ともに暮らす芳でさえ、小野寺家のひとびとの名を一切、口にしない。縫い上げたはずの襦袢も、何時《いつ》の間にか見当たらなくなった。

小松原とのことを、皆がなかったものとして扱ってくれている。その心遣いを有り難い、と思いながら、澪は自身が不思議でならなかった。

働き、食事を摂《と》り、時に笑い、普通に暮らしている不思議。

もっと苦しいはずなのに。

もっともっと、苦しいはずなのに。

心が鈍麻《どんま》してしまったようなのだ。どうしてなのか、自分でもわからなかった。


つる家では、月に三度、「三」のつく日を「三方《さんぽう》よしの日」と決めて、七つ刻（午後四時）から、いつもは出さない酒を供する。これを楽しみにしている者は、とても多い。

「けど、今は又《また》さんも居ねぇしなあ」

二十二日の夜、包丁の手入れをしている料理人の隣りで、店主は迷いに迷っていた。

「この三日の間の客の入りも尋常じゃあなかったんだぜ。その上に酒を出すとなりゃあ、大変なことにならねぇか？」

お澪坊の身体が心配だよぅ、と店主に言われて、澪は手を止め、ゆるゆると頭《かぶり》を振った。

「私なら大丈夫です。私が勝手をして皆さんにご迷惑をかけてしまったんですし」

「迷惑をかけたのはお澪坊じゃねぇだろうよ」

刺々《とげとげ》しい声で言い放ち、店主は即座に悔いた顔つきになった。二度ほど咳払いをしたあと、なら明日は三方よしをやるか、と独り言のように呟いた。

はい、と澪は店主に柔らかな笑顔を向けた。

そう言えば、と帰り仕度《じたく》を整えた芳が、ぽんと手を叩く。

「親方のお加減が大分《だいぶ》とええ、と伊佐三さんから聞きました。年明けにはおりょうさんにお店を助けて頂けます。料理人が澪ひとりなんは変わらしまへんが、それでも楽になりますやろ」

そうかい、と種市は大きく頷いた。

「ご寮さんにおりょうさん、お澪坊、ふき坊。皆そろってのつる家だからなあ」

旦那さん、と小さな声でふきが呼んだ。

「りうさんも忘れないでください」


翌朝、「三方よしの日」の仕込みもあって、常よりも半刻ほど早く、澪はつる家の調理場へ入った。

店主はまだ仕入れから戻っていないが、先に手を回しておいてくれたのだろう、土間には瑞々《みずみず》しい大根が山と積まれ、葱《ねぎ》にしめじ、豆腐が用意されている。

竈《かまど》の前で、火吹き竹を手にしたふきが、

「鱈《たら》はあとから届くそうです。あと、良い魚があれば仕入れてくる、と旦那さんが」

と、煙そうに言った。

澪は並べられた食材を見て、さすが旦那さんだわ、と感嘆する。

去年、好評を博した、白尽くしの雪見鍋《ゆきみなべ》。沸いた出汁に白い食材ばかりを入れ、上からたっぷりの大根おろしを置いて熱々を食べる小鍋立ては、お客と料理人双方に優しい料理だった。料理人は下拵《したごしら》えを丁寧にすれば、あとはお客に任せられる。お客はお客で、冷めるのを気にせず、ゆっくりと酒を楽しみながら食べられる。そんなことから澪も、肴のうちの一品は白尽くしにしよう、と考えていたのだ。

「昼餉《ひるげ》には、そうね、自然薯《じねんじよ》を使おうかしら」

自然薯を擂《す》り、少し濃い目に味を入れた出汁で滑《なめ》らかに伸ばす。それを炊き立てのご飯に載せれば、滋養に溢れたとろろご飯となる。薬味は卸《おろ》し山葵《わさび》とたっぷりの海苔《のり》。

お客の食べる様子を思い浮かべながら、澪は木箱の脇にしゃがんで、中の大鋸屑《おがくず》に手を入れた。少し湿り気を帯びた大鋸屑は仄《ほの》かに温かい。

箸が止まらぬこと請け合いなのだ。

「あら」

中を探ったものの、自然薯の数が心もとない。澪の様子に気付いたのだろう、すぐにふきが、頼んできます、と膝を伸ばした。勝手口から外へと飛び出し、路地を駆けるふきの下駄音は、しかし、すぐに止んだ。気になって、澪は耳を欹《そばだ》てた。

「澪姉さん」

開いたままの勝手口から、ふきが中を覗く。

「どうかしたの？」

問われてふきは、目線を通りの方へ向けた。

濡れ布巾《ぬれぶきん》で手の大鋸屑を拭って、澪は外へ出る。

路地の入口に佇む人影があった。

上品な鉄御納戸《てつおなんど》の錦地《にしきじ》綿入れを纏《まと》い、同色の御高祖頭巾《おこそずきん》で顔を隠すようにしている女を認めて、澪は棒立ちになった。

「早帆さま」

名を呼ばれて初めて、早帆は、顎の下で結んでいた頭巾の別布を外《はず》す。澪さん、と小さく呼ぶその顔は憔悴《しょうすい》しきっていた。

「澪さん、この通りです」

つる家二階の東端、「山椒《さんしょう》の間」で着座するなり、早帆は澪の前に平伏した。

「早帆さま、どうかお顔をお上げください」

膝行《しっこう》して、澪は早帆に縋った。

いいえ、と早帆は平伏したまま声を絞る。

「愚かな兄妹をお許しくださいませ。あなたの心をどれほど踏みにじったことでしょう。それを思うと、私は胸が潰れそうになります」

小刻みに震える背中を見て、澪は、小松原が妹までをも謀《たばか》っていることを悟った。

「違うのです、早帆さま、それは違います」

「いいえ、違いません」

顔を上げた早帆の、その双眸が潤《うる》んでいる。澪の眼を直視できないのだろう、すっと視線を外した。

「ひと月ほど前のことです。上役から兄に、縁組の打診がありました」

相手はさる旗本の姫君で、一度、他家へ嫁《か》したことがあるが、わけあって戻されたのだとか。これまであったどの縁組よりも遥かに良い話ゆえ、受ければ小野寺家は強い後ろ盾《だて》を得ることになるだろう。重病の里津のためにも嫁取りは急いだ方が良い、と親戚筋は色めきたってこれを強く薦《すす》めた、という。

「兄は無論、断りの返答を用意していたはずなのです。ところが、突然、この話を受ける、などと言い出して……。私がわけを問うたところ、これが我が兄上か、と耳を塞《ふさ》ぎたくなるようなことばかり並べたてるのです」

具体的な内容に関しては言葉を濁《にご》し、早帆はただ、よもや、兄があそこまで俗物とは……とだけ言い添えた。

「お澪坊、早く仕度にかからねぇと、暖簾を出せなくなっちまう」

階下から種市の声がする。珍しく憤《いきどお》りを孕《はら》んだ怒鳴り声だ。

早帆は相済《あいす》みませぬ、と詫びて、狼狽《うろた》えたように立ち上がった。

二階から下りてみれば、ほんの少しの間だと思っていたのに、すでに芳とふきの手で入れ込み座敷の掃除も終わっている。

「お詫びはまた改めさせて頂きます」

ふきに揃えてもらった履物《はきもの》に足を入れると、早帆は、背を向けている種市に、遠慮がちに声をかけた。

「それは断りますぜ」

即座に店主は固い声で応える。

「早帆さまが悪いわけじゃねぇのは、俺だってわかってまさぁ。けど、御旗本だろうと何だろうと、お澪坊を泣かせた野郎の縁者と、俺ぁもう一切関《かか》わりたくねぇんで」

早帆は黙って店主の背中に首《こうべ》を垂れた。

澪と芳のふたりで表まで早帆を送る。駕籠《かご》ではなく徒歩で来たことを知り、澪はますます申し訳ない気持ちで一杯になった。九段坂を供も連れず、ひとりで帰っていく早帆の背を見送るうちに、このまま、誤解をさせたままではいけない、と思い詰めた。

早帆のあとを追おうとする娘の腕を、芳が背後からぐっと摑む。

「澪、お前《ま》はんがしようと思てることは、あかん。誰のためにもならん」

はっ、と澪は芳を振り向いた。

芳は曇りのない瞳で澪をじっと見つめる。

「これまでのお前はんの様子、それに多浜さまが来はったことで、私にもようやっと事情が読めました。もっと早《はよ》うに気付いてやれたら良かった。堪忍《かんにん》だすで、澪」

小さな吐息をひとつ。そして芳は続けた。

「想うひとと添う幸せ——それにばかり目が行ってしもて。けど、料理の出来ん澪は、鳴くのを禁じられた鳥と一緒なんやなあ。せやさかいに、小野寺さまはお前はんを諦《あきら》めはったんやろ」

町人は武家には抗《あらが》えない。

武家には体面がある。

このふたつの不文律《ふぶんりつ》を侵《おか》さぬために、取るべき方法はひとつしかない。

「小野寺さまの方からお前はんを捨てた――体裁だけやない、現に周りにもそう信じ込ませることで、小野寺さまはお前はんを料理の道へと戻してくれはったんや。多浜さまの辛そうな様子を見た時、私には小野寺さまのお考えがはっきりとわかった。せやさかい、私なりに後押しをさせてもろたんだす」

ご寮さん、と呼んだきり、澪は絶句する。

娘の両肩に手を置くと、芳は強い口調でこう諭《さと》した。

「しっかりしなはれ、澪。小野寺さまは憎まれ役を引き受けることで、お前はんを守り通さはったんや。たとえ意に添わん縁組でも受け入れる、と決めはった。それを無駄にしたら、罰《ばち》が当たる」

頭が真っ白になったまま、澪は調理場へと戻る。動揺が激しく、包丁を持つ手が小《こ》刻《きざ》みに震えた。

駄目だ、これでは指を怪我《けが》した時の二の舞になってしまう。

澪は一旦、手を止めてゆっくりと息を吸い、吐いた。今は料理のことだけを考えよう、と自身に言い聞かせる。

仕度が遅れているので、全員が手分けをして下拵えを手伝う。ふきが心配そうにこちらを見ているのに気付くと、大丈夫よ、と澪は唇の動きだけで伝えた。襷《たすき》を解き、袖の皺を伸ばすと、再度、きゅっと締め直す。動揺は去り、澪の中に澪が戻った。

　陽が落ちて残照が消え去れば、待ちかねたように満天の星々がその全容を露《あら》わにする。月の姿はまだない。だが、東の空の低い位置に浮かぶ鼓星《つづみぼし》を始め、この時期は豪《ごう》奢《しゃ》な明るい星が多いこともあり、星明かりで思いのほか視野が利いた。

「ありがとうございました」

　下足番のふきは上機嫌のお客を送り出すと、気がかりそうに九段坂や俎橋を見渡した。七つ刻からずっと、店内に入りきらない者が震えながら外で待ったのだが、今は新たな人影はない。少女はほっと胸を撫で下ろした。

「やれやれ、やっと落ち着いたみたいだな」

　店の中では、主の種市が今にも倒れそうな危うい足取りで、膳を下げてきたところだった。

「ありがてぇことなんだが、俺ぁもう、よろよろだあ」

「あたしも、もうこのままお浄土へ逝《い》っちまいそうですよ」

りうなど、ひと廻《まわ》りも縮《ちぢ》んでみえるほど疲れ果てている。

「旦那さん、りうさん、替わりますから少し休んでください」

注文が途切れたので、澪は膳を下げるために入れ込み座敷に向かった。お客の中に、顔馴染みのご隠居《いんきょ》の姿を見つけて、ご隠居さま、と膝を揃えて挨拶をした。

「『男伊達《おとこだて》より小鍋立て』――ここの店主の口癖だが、上手《うま》いことを言う」

ご隠居は、悪い足を投げ出したまま、にこにこと澪を見た。白尽くしの雪見鍋がくつくつと煮えて、心地よい湯気が立っている。

「お前さんの料理を口に出来る幸せが戻ってきて、年寄りにとってこれほど嬉しいことはないよ。あとは、料理番付でつる家の料理が登龍楼を打ち負かすのをこの目で見られたら、もう思い残すことはないかも知れない」

老人はうっとりと言って、鍋の中を箸で探《さぐ》った。

料理番付、と澪は繰り返す。

毎年、師走の一日に浅草の版元聖観堂《しょうかんどう》が、その年の料理の番付表を売り出す。どの店のどの料理が大関《おおぜき》位を射止《いと》めるかは、食いしん坊の江戸っ子にとって大きな関心事なのだ。

長い間、大関位を独占し続け、それがために江戸の料理屋の頂点であり続けるのが、日本橋登龍楼であった。二年前、つる家はいきなり、とろとろ茶碗蒸しで関脇《せきわけ》を射止めた。そして昨年は、登龍楼とつる家、どちらの店の、どの料理を推《お》すかで票が割れ、聖観堂の依頼で二者の料理対決になったのだ。

「もうそんな時期に……」

自身のことで右往左往している間に、季節は移ろい、早くも料理番付の季節を迎えていたのか、と澪はわずかに驚く。

楽しみだねぇ、と一旦は目を細めて、老人は、おや、と思案顔になった。

「この白尽くしは去年の料理だろう？　土用《どよう》のう尽くしも確か去年だ。菊花雪《きっかゆき》……あれも去年だった。今年に入っての名物料理は……」

暫《しばら》く考え込んでいたが、やがてくよくよと頭を振った。

「歳は取りたくないねぇ。つる家の名物料理を思い出せなくなってしまったよ」

漸《ようや》く月が上ったのだろう、障子の外が冴《さ》え冴《ざ》えと明るい。夜道を行く迷い犬か、ひたひたと冷たい足音が先刻から響いている。

つる家の二階座敷、芳とふきと三人、身を寄せ合い夜着《よぎ》に包《くる》まっているせいか、布《ふ》団《とん》の中はとても暖かい。ふたりの健《すこ》やかな寝息を聞きながら、澪は目の下まで夜着に埋まって、仄明るい天井を凝視していた。

種市の、小松原への激怒。

多浜重光の、主への落胆。

早帆の、兄への失望。

それぞれの失意を思うと、胃の腑から苦いものが上がってきて苦しくなる。

このままで良いのだろうか。

澪のために小松原が皆に誤解されたまま、知らぬ顔で過ごして良いのだろうか。

――ならば、その道を行くのだ。あとのことは何も案ずるな
――お前《ま》はんを守り通さはったんや。それを無駄にしたら、罰が当たる
小松原と芳の声が交互に頭の中に響く。

それまで苦悩に関して鈍麻になっていた心が、斬りつけられたように鋭く痛み始めた。あまりの辛さに、澪は夜着を剝《は》いで半身を起こす。

全て俺に任せておけ。

小松原のその言葉に、全てを委《ゆだ》ね、甘えてしまっていた。甘える気持ちが、澪の心を苦悩から遠ざけ、麻痺させていたのだ。

澪を料理の道に戻すため、小松原は大切なひとたちから寄せられていた信頼や信用をごっそり失ってしまった。その事実が胸に応えた。

否、それはかりではない。

――意に添わん縁組でも受け入れる、と決めはった
芳の声が、痛みを伴《ともな》って耳に迫る。

わなわなと震え始めた我が身に両の腕を回して、懸命に堪えるのだが、震えはなかなか治まらない。

「澪、どないした」

隣りで眠っていた芳が、夢現《ゆめうつつ》に話しかける。

「せっかくお店に泊めて頂いたんや。ゆっくり休まな、また明日に差《さ》し支《つか》えますで」

よほど疲れているのだろう、芳は再びすっと眠りに落ちた。夜着がずれて肩口が顕《あらわ》になっている。その姿が澪を引き戻した。

手を伸ばして、冷気が入らぬように芳の夜着を整える。

障子越しの月光に見守られて、澪は自身と対峙《たいじ》した。

想いびととの人生を選ばなかったのは私。

誰を羨《うらや》むこともない、全ては私が決めたこと。

周囲を巻き込むだけ巻き込み、女房殿にと望んでくれた男に後始末を押し付け、自ら選んだ道を行くのだ。

己《おのれ》の狡《ずる》さを直視した時、澪は静かに首を垂れた。

お許しください、お許しください。

どうか、お許しください。

両の手を合わせて、澪は心のうちで詫び続けるのだった。


「今月は小《しょう》の月だから」

調理場に貼《は》られた暦を見て、りうが指を折っている。夕餉時《ゆうげどき》を大分と過ぎ、二階の入れ込み座敷にはお客がふた組ばかり残るのみ。今のうちに、と軽い夜食を食べかけたところだった。

「あと四日で霜月はお終い。ほんとにまあ、月日の経《た》つのは早いですよ」

「俺ぁ、さっさと師走に入ってくれた方が嬉しいぜ」

冷や飯に熱い味噌汁《みそしる》をぶっかけたものを、店主はがさがさと掻《か》き込んでいる。

「この霜月は、ろくでもなかったからよぅ」

料理人の耳に入らぬよう横を向いて付け加えて、種市は、腹立ち紛れに沢庵《たくあん》をぼりぼりと音高く嚙んだ。

「おいでなさいませ」

ふきのお客を出迎える声に、りうと店主が腰を浮かせる。

鍋を洗っていた澪は、簓《ささら》を放して、

「おふたりは召し上がっててください」

と手を拭った。

おそらく、今夜最後のお客になるだろうか、と思いながら座敷へ向かう。芳は二階のお客に捉《つか》まったままなので、澪は新たなお客を席へ案内すべく、入口まで出迎える。ふきに履物を預けて板張りに上がったのは、つる家では珍しいことに夫婦らしい二人連れだった。

唐桟《とうざん》の綿入れを纏い、大店《おおだな》のご隠居といった風体の夫。藤色の友禅染《ゆうぜんぞめ》小袖を身に着けた女房は、先笄《さっこう》に結い上げた髪に同色の手絡《てがら》で、全体を品よくまとめている。

「ようこそおいでなさいませ」

きちんと両手をついて挨拶をし、こちらへ、と案内しかけて澪は何気なく、行灯の明かりの中、女の方に目を止めた。

初老の男の伴侶《はんりょ》に相応《ふさわ》しく、しっとりと落ち着いた雰囲気の女なのだが、薄化粧を施した顔は存外、若々しい。その女が澪を見て、密《ひそ》やかに微笑んでみせた。

あっ、と洩らしかけた声を、澪はぐっと飲み込む。

もとは翁屋の新造《しんぞう》だった菊乃《きくの》、そのひとだった。

身請《みう》けされ、親からもらった「しのぶ」という名で生きていく、と聞いたのは一年前のこと。儚《はかな》げだった面影は消え去り、今はしっかりものの内儀といった風情だ。

挨拶すべきかどうか、ほんの少し躊躇《ためら》ったあと、澪はやはり素知らぬ振りを通すことに決めて、ふたりを入れ込み座敷へと案内した。お茶を運んできたりうにあとを任せて、入れ替わりに調理場へと戻る。

「用事を済ませて内藤新宿《ないとうしんじゅく》へ帰る前に、この店の評判を聞いて立ち寄らせてもらいましたよ。連れ合いが是非に、と言うのでね」

芋環蒸《おだまきむ》しの用意をしていると、入れ込み座敷からそんな声が届いた。連れ合い、という言葉が耳に優しい。身請けした男の妾《めかけ》で終わる女の多い中、しのぶは正式に男の家に迎えられたのだ。

料理が蒸し上がる間に、そっと座敷を覗く。上機嫌でりうと話す男のことを、にこやかに見守るしのぶの姿が目に入った。ふたり並ぶ様子がとても自然で、よく似合っている。

今のしのぶを見て、誰が吉原の新造だった過去を思い浮かべるだろうか。

良かった、しのぶさんはお幸せなのだわ。

一年前の心細そうな後ろ姿を思い返して、澪は胸の中がほんのりと温かくなるのを感じた。

野江と同じ苦界《くがい》に身を置いていた、しのぶ。そのしのぶの摑んだ幸せが心に沁《し》みて、ふっと視界が滲《にじ》む。手の甲で瞼を拭うと、澪は柚子を手に取った。丁寧に皮を削ぎ、動きの悪い左の指に難儀しつつも、柚子皮を松葉の形に結ぶ。その幸せを祝う気持ちを、料理に添えようと思った。

しのぶたちは澪の料理をゆっくりと味わい、入れ込み座敷にほかのお客の姿が見えなくなった頃、漸く食事を終えた。

「江戸の名料理屋と言えば、全てにおいて格の違う一柳、贅を尽くした登龍楼。このふたつに敵う店などそうそうない、と思っていたのですが」

挨拶に出た澪に、男は満足そうに手で胃の腑あたりをさすってみせる。

「料理の隅々にまで心が行き届いている。ここまでの味に仕上げるのは生易《なまやさ》しいことではないはず。滅多《めった》に我《わ》が儘《まま》を言わない連れ合いが、どうしても食べてみたい、というのも道理だ」

夫の隣りで、しのぶは穏やかな笑みを浮かべて頷いた。

種市とりう、澪に送られて、夫婦は表へ出た。待たせていた駕籠に乗り込む前に、夫の方が種市を手招きして、懐紙に包んだ心付けを渡した。触った感触で金額の大きさを知った種市が、とんでもねぇ、と辞退するのだが、男は鷹揚《おうよう》に首を振る。

「支払いがあまりに少なくて驚きました。美味しくて、おまけに懐にも優しい。なるほど、この店を知れば誰もが虜《とりこ》になるはずだ」

情のある褒《ほ》め言葉に、店主と奉公人は揃って丁寧に一礼した。

前の駕籠に男が乗り込み、後ろの駕籠には、しのぶが乗る。乗りにくそうにしているのを見て、澪はさっとしのぶに手を貸した。

「ありがとう」

しのぶは言い、澪の手に捉まって駕籠に乗り込む。中に納まると、放そうとする澪の手を両の掌で包み込み、ぎゅっと力を込めて握った。

私は大丈夫、幸せに過ごしています——しのぶの手がそう語る。澪は潤みを帯びた瞳でしのぶを見て、こくんと頷く。言葉を交わさずとも、互いに伝わる想いがあった。

周囲がふたりを見て何かを思う前に、しのぶはさっと手を放す。

「女の身でありながら料理の腕ひとつで道を拓《ひら》いていく姿に、どれほど励まされることでしょうか。今年も料理番付につる家の名が載るのを励みに、私も精進《しょうじん》いたしましょう」

周囲に聞かせるように、よく通る声で言うと、しのぶは駕籠を出すよう頼んだ。

星明かりの下、駕籠の提灯が揺れながら九段坂を上っていく。

ありがてぇなぁ、と種市が洟《はな》を啜った。

「初めてのお客までが、あんな風に言ってくれるなんてよぅ。こうなったら、何が何でも大関位を射止めてぇもんだ。な、お澪坊」

おやまあ、とりうが口を窄《すぼ》めてみせる。

「勝ち負けなんざ、時の運ですよ。あのお客さんの気持ちだけ、ありがたく頂いておけば良いじゃありませんか」

「そりゃまあ、そうなんだがよぅ」

店主とりうはそんな会話を交わしつつ、店内へと戻った。

澪はひとり残って、ゆっくりと九段坂を上っていく二挺《ちょう》の塗り駕籠を見送る。

すでに親からは縁を切られ、身請けしてくれたひとを除いて他に寄《よ》る辺《べ》もない、と話していたしのぶ。昨年の料理番付でつる家の名を目にすることで、孤独を慰《なぐさ》め、前を向いて生きようとしてくれていたのだろうか。

あと五日で、師走。師走初日には、その料理番付が売り出される。つる家に大関位を、と祈ってくれているのは、しのぶばかりではない。件《くだん》の足の悪いご隠居や、つる家を気に入って通う常客の多くが同じ気持ちだろう。ありがたいこと、と澪は思う。しのぶを乗せた駕籠は、九段坂を上りきって夜の彼方に消えた。駕籠の姿が失せたあとに、ひと際《きわ》目立つ赤い星がひとつ。

焔《ほのお》星だった。

その星が「禍《わざわい》星」の異名《いみよう》を持つことを、ふいに思い出す。

――歳は取りたくないねぇ。つる家の名物料理を思い出せなくなってしまったよ

図《はか》らずも、ご隠居の情けなさそうな声が過《よぎ》った。

息を詰めて、澪は考え込む。

今年に入ってから、ひとの心に残るような料理を作ってこなかったのだろうか。

否、そんなはずはない。

澪は頭《かぶり》を振り、指を折って数え始めた。

浅い春には、浅蜊《あさり》の御神酒《おみき》蒸《む》し。春爛漫《らんまん》の頃には、菜の花尽くし。初夏には、鰊《にしん》の昆布《こぶ》巻《ま》き。夏の終わりの生麩《なまふ》。秋には「お手軽」割籠《わりご》。そして初冬の芋環蒸し。

いずれも悩みながら辿り着いた料理ばかりだ。郷里にはなかった浅蜊料理。苦心と工夫を重ねた菜の花尽くし。鰊の昆布巻きと芋環蒸しは、大坂の味。生麩では確かに失敗したけれど、火の扱いを禁じられた中で生み出した割籠はそれを補って余りある

ほど大評判になった。

大丈夫、心を込めて折々の料理を編《あ》み出してきたはず……そう自身に言い聞かせるのだが、あることに気付いて、澪は息を呑んだ。

そんな馬鹿な。

声が洩れそうになって、澪は掌を重ねて唇を覆《おお》う。ざざざっと血の気《け》が音を立てて引いていく。

料理人の激しい動揺を、九段坂の果てから、禍星がじっと見おろしていた。

その日を境に、食事が喉を通らず、夜、床《とこ》についても眠れなくなった。胸に抱え込んだ苦しみを誰にも悟られまい、とするのだが、ともに暮らす芳は、さすがに何かを感じ取り、気を揉んでいる様子だった。

「また、今朝も入らんのか」

朝餉に箸を付けない澪のことを、芳は案じる。

常ならば「身体を壊す」ときつく叱責《しっせき》するのだが、澪の身に起《し》きた諸々《もろもろ》の出来事を思えば、食欲が落ちても当然、と思ったのだろう。食べるよう強いることはなかった。

つる家の調理場で無心に働いている間は、余計なことを考えずに済む。けれども、夜、布団に横たわると、苦しみが襲った。

明日は師走、という夜。隣りで眠っていた芳が頭を持ち上げた。澪、と小さな声で呼んで、その気配を窺《うかが》っている。澪は呼吸を整えて、眠っている振りをした。芳はほっと安堵の息を吐いて、澪の髪を優しく撫でた。

「澪、可哀想に。苦しいんやなあ。お前《ま》はんが段々壊れていくようで、私は心配でならんのや。ただ祈ることしか出来ん。堪忍しておくれやす」

眠っているものと信じて、芳は娘の髪を静かに撫で続けた。


師走一日。

このところの冷え込みが少しばかり緩み、陽射しの降り注ぐ物干し日和《びより》となった。

ここ金沢町の裏店でも、早朝から竿を出す音や、水を使う音が響いていた。

芳が洗濯物を広げている間に、澪は朝餉の仕度を整えた。膳は佐兵衛《さへえ》の陰膳《かげぜん》と、芳の分だけである。手早く身仕度を整えると、芳の戻らぬうちに部屋を抜けた。

「澪、もう行くんか」

芳の慌てた声が耳に届く頃には、澪はすでに裏店を飛び出していた。

つる家へと向かう足は自然、小走りになる。澪のみではない、師走に入った、という思いが通りを行くひとびとの足を急《せ》かしていた。

「澪さん」

昌平《しょうへい》橋を渡ろうとした時、背後から呼び止められた。源斉の声だとすぐ知れた。

「随分と急いでおられ……」

足を止めて振り向いた澪を見て、源斉の顔からすっと笑みが引いた。急いで傍《そば》まで歩み寄ると、腰を落として澪の顔をじっと見つめた。その眼差しは患者を診《み》る医師のものだった。

「源斉先生、私、もう行かないと」

去りかけた澪の腕を、医師は後ろからさっと掴んだ。

「澪さん、いつぞや私が倒れた時のことを覚えておられますか？　伊勢屋《いせや》さんの離れでお世話になった時のことを」

源斉は、珍しく強い口調で続ける。

「このままでは、あの時の私のようになってしまいますよ」

面窶《おもやつ》れして別人のごとくなっていた源斉を思い出して、澪は項垂《うなだ》れる。

行き交《か》うひとびとの邪魔にならぬように、と源斉は娘の背中に手を添えて、そっと橋の袂《たもと》へと導いた。

「話してください。幾日、眠れていないのですか？　食事もちゃんと摂れていませんね？」

問われても、澪は口を噤《つぐ》んだまま、答えようとしない。

医師は辛抱強く、娘が唇を解くのを待った。

源斉先生、と澪は漸《よう》く掠れた声で名を呼んだ。

「今日売り出しの料理番付で、多分、つる家は大関位どころか関脇からも外れてしまいます。そしたら私は……」

澪の言葉が意外だったのだろう、源斉は双眸を見開いた。

「もう行きます」

澪は源斉の手を振り払って、駆け出した。

番付表は一枚の刷り物ゆえに、創《つく》るのにさほど元手もかからない。そのためか、巷《ちまた》には料理番付と称するものが幾《いく》つも出回っている。ただ、そのほとんどが宣伝紛《まが》い、あるいは作り手の好みに偏《かたよ》るのだ。そんな中で、聖観堂の料理番付は、その年にお客から支持された新しい料理を公正に載せている、と江戸っ子たちから熱い支持を集めていた。

そう、今日売り出される聖観堂の番付は、お客に支持された新しい料理でないと……。

神保《じんぼう》小路を駆け通して、眩暈《めまい》を覚えた澪は、立ち止まって荒い息を整えた。

浅蜊の御神酒蒸しは、店主種市のために。

菜の花尽くしは、吉原廓翁屋の花見の宴《うたげ》のために。

鰊の昆布巻きを始め寿《ことほ》ぎ膳は、嫁ぐ美緒《みお》のために。

割籠は店で供する料理ではなく、苧環はすでに番付入りを果たした茶碗蒸しの変形に過ぎない。つまり、この一年、懸命に知恵を絞り、考え抜いて作ったと思っていた新しい料理のほとんどが、暖簾を潜《くぐ》るお客に向けてのものではなかったのだ。

つる家はきっと、関脇から外れてしまう。

どうしよう。

どうすれば良いのだろう。

大関位を、と願ってくれているひとたちの気持ちを無駄にしてしまう。しのぶやご隠居の落胆を思う。そして何より、亡き愛娘《まなむすめ》の名が番付表に大きく載ることを心の拠《よ》り所にしている店主は、どれほど悲しむことだろう。

胃の腑は空っぽのはずなのに、澪は戻しそうになってその場に蹲《うずくま》った。

「澪さん」

傍らに源斉が身を屈《かが》める気配がした。

「大丈夫ですか」

さあ、負ぶさって、と医師は澪に背中を向けた。


柔らかな匂いが漂ってくる。

あ、これは百合根《ゆりね》を煮る優しい匂いだわ、と澪は夢現《ゆめうつつ》に思った。香りが、膜を張ったような頭を徐々に覚醒《かくせい》させていく。目を開くと、内所の天井が見えた。

そうだ、あのあと源斉に背負われてつる家へ運び込まれたのだ。店主は丁度、浅草へ料理番付を買いに出たところで、店にはふきしか居なかった。真っ青になったふきの顔と、処方された薬を飲まされたところまでは記憶がある。それから眠ってしまったのだろうか。

店はどうなったのだろう。もう暖簾を出す刻限ではないのか。

はっきりと目覚めて、澪は飛び起きた。襖《ふすま》を開こうと引手に手をかけたところで、調理場の方から店主の呻くような声が聞こえた。

「お澪坊には決して見せられねぇぜ。こんな……」

くしゃくしゃと何かを乱暴に握り潰す音がする。襖越しでさえ、どんよりと重く沈む気配が察せられて、澪はじっと息を凝らす。

仕方ありませんよ、とりうの慰める声がした。

「売り出し時期からすれば、番付の選考は霜月半ばあたりが佳境《かきょう》のはずですよ。つる家は霜月の大半、店を閉めていましたからねぇ」

「だからって、こいつぁあんまりだ」

板敷を拳で殴りつけたのだろう、どん、と激しい音がひとつ。

「小結《こむすび》でも前頭《まえがしら》でもねぇ、番付表から名前が消えちまう、なんてことがあって良いものか」

澪は咄嗟に両の掌で自らの口を塞いだ。

関脇から転落するのみではなく、番付表自体からつる家の名が消えてしまった、というのか。

手足が冷え、全身から冷たい汗がどっと噴く。気を失いそうになるのを堪えて、澪は襖を開き、調理場へと向かった。

「澪姉さん」

ふきの声に、板敷の一同が狼狽《うろた》えて腰を浮かせる。

「見せて……見せてください」

板敷に這い上がると、澪は店主に縋《すが》った。

辛そうに視線を外す種市に、澪は、旦那さん、後生《ごしょう》ですから、と迫る。

「旦那さん、見せたっておくれやす」

見かねたのだろう、芳が脇から口を添えた。

「そないせんと、諦めきれん思いますよって」

そうですよ、とりうまでもが頷くのを見て、店主は渋々、手の中で握り潰していたものを澪に渡した。

震える手で、その塊《かたまり》を開く。

「…………」

声もなく、澪は茫然《ぼうぜん》と料理番付に見入った。

大関位には、日本橋登龍楼。そして昨年までつる家のものだった関脇の欄には、「吉原江戸町登龍楼」の名が記されていたのだ。

「何だ何だ、昨日に引き続いて今日も休みなのかよ」

気の荒い職人が数人、表で怒鳴っている。

「そんなだから番付表からも外れちまうんだぜ。このとんちき」

相すみません、と芳と店主が懸命に詫びる声が、二階東端の座敷にまで届いた。

ひとり寝かされている澪は、表の喧噪《けんそう》に唇を歪め、両の手で顔を覆う。

想いびととの人生ではなく、料理人として生きる道を選んだ。

――ならば、その道を行くのだ。あとのことは何も案ずるな
そう言って想いびとは、全てを引き受け、澪を料理の道へと戻してくれたのだ。それなのに、あるべき地位を登龍楼の新店に奪われたばかりか、番付から転落して周囲のひとびとを落胆させてしまった。

消えてしまいたい。

このまま、消えてしまいたい。

夜着に顔を押し付け、声を殺して澪は泣き続けた。

「澪さん」

どれほど刻が経ったのか、廊下から襖越しに声がかかった。

その声で我に返り、澪は濡れた目を袖口で拭うと、失礼のないように布団の上に半身を起こした。

静かに襖が開かれて、源斉が顔を覗かせた。

「具合は如何《いかが》ですか？」

そう声をかけて枕もとに座った医師は、脇に薬箱を置いた。ふと、部屋の片隅に置かれたままの膳に目を止める。手を伸ばして行平《ゆきひら》の蓋《ふた》を取ると、芳の心尽くしの百合根の粥《かゆ》が手を付けられることなく冷えて固まっていた。

源斉は唇を一文字に結んで、じっと考え込んだ。

「昌平橋の袂《たもと》で会ってからずっと考えていたのですが、どうしても私にはわからない」

ゆっくりと唇を解くと、源斉は言葉を選びながら続ける。

「教えてください。番付に載らないと駄目なのでしょうか。番付から外れたなら、その道を行く者としては失格なのでしょうか」

腫《は》れた瞼のまま、澪は源斉を見た。

源斉は暫くの間、澪をじっと見つめ返してから、改めて口を開いた。

「医師見立《みたて》、と呼ばれる番付が、医師にもあるのです。実は私は、その番付に一度も載ったことがありません」

ぐらり、と眩暈を感じ、澪は布団に手をついて堪える。

「一度も？」

「ええ、一度も」

源斉は大きく頷いてみせた。

まさか、という思い。

源斉のような医師を名医と呼ばずして、では一体、誰が名医だと言うのか。

混乱する澪に、源斉は深みのある声で告げた。

「目の前の患者を病から救うこと、それこそが医師の本分です。医師としての真の喜びは、本分を全うすることでしか得られません。番付に載ることが、即《すなわ》ち喜びでは決してない」

澪は息を詰めて、源斉の声を聞いている。

源斉は、澪の双眸を覗き込んだ。

「番付から外れたことで、多くのひとを失望させてしまった――澪さんは、そのことが何より辛いのでしょう。ひとの想いを大切に扱うことは間違いではない。けれど、その想いに押し潰されてしまわないでください。料理人の本分は、その喜びは、きっと別のところにあるはずです」

源斉の言葉に、ひとつの情景が重なる。

温かい湯気の向こう、旨そうに料理を口にするお客たちの顔、顔、顔。心星が見せてくれたあの情景だった。

心を込めた料理で、食べるひとを健やかに。胸に影射す時にも、その料理を口にすることで、わずかなりとも慰めを得られるような。そんな料理を作り続けることが出来たなら……。

澪の瞳に、それまでとは異なる涙が溢れ、頰を伝い落ちた。


「澪、入りますで」

深夜、芳が東端の部屋へと足音を忍ばせて来た。枕もとに置いた灯明皿《とうみよう》が、伊賀焼の行平鍋を仄かに照らしている。

「ご寮さん、まだお休みではなかったのですか?」

掠れた声で言い、澪は夜着を捲《めく》って身を起こした。

「風邪《かぜ》を引きますで」

澪に綿入れを羽織らせると、芳は行平の載った膳を手もとへ引き寄せた。

「何や昔の夢を見てしもてなぁ。居ても立ってもおられんようになって」

無理せんでええ、もし口に合《お》うたら食べとおみ、と言って、芳は鍋の蓋を開いた。

火の気のない室内に、ほかほかと柔らかな湯気が立ちのぼる。

「ご寮さん、それは……」

澪の両の瞳が大きく開かれるのを見て、芳は、せや、と頷いた。行平鍋の中を玉杓《たまじゃく》子《し》で浅く掬《すく》い、椀に移すと、芳はそれを匙で澪の口もとへと運ぶ。澪は、雛鳥《ひなどり》のように口を開け、匙を迎えた。中身を口に含むと、澪は徐《おもむろ》に瞼を閉じる。口の中一杯に、お米の甘みが広がっていく。

何て甘い。

何て美味しい。

睫毛《まつげ》にじわじわと涙が溜まっていく。

「わかるか、澪」

問う芳の声もまた、涙でくぐもっている。

匙の中身は、重湯《おもゆ》だった。

十三年前、洪水で孤児になり餓死寸前だった澪に、芳が作ったのと同じものだ。口の中のものを飲み下すと、もうひと匙。唇の端に付いた重湯を、芳の指先がそっと拭う。その仕草も十三年前と変わらない。

「ご寮さん、美味しおます」

溢れる涙を拭うこともせずに澪は言い、

「美味しいか、ほうか」

芳は匙を置き、袂で顔を覆った。

うつらうつらと少し眠ったらしい。何か、良い匂いの漂う温かい夢を見たような気がする。

障子の向こうが薄明るくなる気配に、澪は床を離れた。身仕度を整えると、音を立てぬように階下へと降りて、勝手口から外へと出た。

ほかに人影のない通りを寒さに震えながら歩く。

俎橋の向こうの空が菫《すみれ》色に染まる。朝の訪れを待ちわびたように、鳥の囀《さえず》りが聞こえ始めた。

ゆっくりと俎橋を渡る。

思えば昨年、競い合いに負けた翌朝、想いびとが現れて、この橋を渡って帰っていった。

――よう、下がり眉

そう呼ぶ声が聞こえた気がして、澪は視線を巡らせた。無論、声の主など居るはずもない。

澪は小さく吐息をつくと、両の腕を広げて深く息を吸う。

今も苦しみはあるけれど、乗り越えていこう。

口にした何かを美味しい、と思うことが出来れば、ひとはきっと生きていける。

びゅる、びゅる、と聞き覚えのない鳥の声に、澪は振り返った。

俎橋の欄干《らんかん》に、冠を被った褐色の鳥がちょこんと止まっている。見覚えのあるそれは、雲雀《ひばり》だった。

春には天空高く舞い、美しく長い囀りを聞かせる雲雀なのに、冬の今は飛翔することもなく、歌うこともないのだろうか。

びゅる、びゅるる
びゅる、びゅるる
冬の雲雀は胸を張り、天を仰いで鳴き続ける。

それは聞き慣れた美しい囀りではないが、巡りくる春の訪れを待つ歌のように、澪には聞こえた。

忘れ貝——牡蠣《かき》の宝船

年が改《あらた》まって、文化十三年（一八一六年）、睦月《むつき》七日。

初荷に初詣《はつもう》で、年始回りなど粗方《あらかた》の行事も済み、迎春《げいしゅん》から日常へと戻る境目の日であった。

「ありがたいことだすなあ」

料理の注文を通しに来た芳《よし》が、しんみりと洩《も》らす。

「暖簾《のれん》の向こうにも、仰山《ぎょうさん》並んでお待ちだす。表はえらい風やのに」

このところ座敷がひとで埋まることが少なかっただけに、芳の声には感謝の念が滲《にじ》んでいた。

「今日は七草ですからねぇ。つる家《や》の『七種粥《ななくさがゆ》』を楽しみにしてるお客がそれだけ多いってことですよ」

良かったですねぇ、澪《みお》さん、とりうが歯のない口を大きく開けて笑っている。

澪は粥を掬《すく》う手を止めて、ただ深く頷《うなず》いた。色々な思いが胸に溢《あふ》れて言葉にならなかった。

つる家が料理番付から外《はず》れたことで、離れてしまったお客も多い。また、澪の体調が戻るまで商いを休んだことも重なり、お客の不評を買った。客足のなかなか戻らぬまま年を越し、今日の七草を迎えたのである。

「この味だよ、この味」

入れ込み座敷から、お客たちの声が聞こえてくる。

「七草に、この店の甘くねぇ七種粥を食うと、今年も一年、息災てぇ気になるんだよなあ」

そうとも、と幾人もが相槌《あいづち》を打った。

もとは「七種」の字をあてた七草だが、この日に食する七種粥には、いつ頃、誰が決めたのか定かではないが、幾《いく》つかの約束事があった。

前日のうちに菜を揃《そろ》え、俎板《まないた》の端に擂粉木《すりこぎ》や杓子《しゃくし》、菜箸《さいばし》など調理場の七つ道具を並べて、「唐土の鳥が日本の土地へ渡らぬ先に、なずな七種囃《はや》してほとと」等と囃しながら、菜を刻《きざ》む。面倒なようだが、そうして刻んだ菜を入れたお粥を口にすれば、一年の無病息災が叶《かな》えられる心持ちがするのだ。

「ほう、これが評判の七種粥ですか。うっかり、今まで食べそびれておりました」

入れ込み座敷が一杯なので、ちゃっかり調理場の板敷に上がり込んだ坂村堂《さかむらどう》が、にこやかに箸を取る。

「おや、これは珍しい。大抵は薺《なずな》と小松菜が入るだけなのに、ちゃんと春の七草が刻んであるのですね」

そりゃあもう、と店主が鼻を高くした。

「何てったって縁起物ですからね、昨日の朝のうちに皆で手分けして摘《つ》んだんでさぁ。それにうちのは、ちょいと変わっていて、塩で味を付けてるんですぜ」

途端《とたん》、ふん、と大きく鼻を鳴らす音が聞こえた。言わずと知れた戯作者《げさくしゃ》清右衛門《せいえもん》である。

「まるでわかっておらぬな」

清右衛門は椀《わん》を手にしたまま、憤然と言い放《はな》つ。

「大体、粥のような貧乏臭《くさ》いものは、たっぷりの砂糖で贅沢《ぜいたく》な甘さにして食《しょく》するものなのだ。現にこの店でも、冬至《とうじ》と小正月に出す小豆《あずき》粥は甘くしておるではないか。何故《なにゆえ》に七種粥は塩味なのか。そこだけ大坂の味を守る、というのは解《げ》せぬ」

それは、と答えようとした澪を、店主がそっと制する。見てみな、と言いたげに、控《ひか》えめに目線を坂村堂へと向けた。

七種粥を口にした坂村堂、丸い目をきゅーっと細めて、うんうん、と頷いている。

何とも幸せそうで、嘘偽《うそいつわ》りなく美味《おい》しいと思っていることが、手に取るように伝わってくる。

「なるほど」

坂村堂は感動した面持《おもも》ちで、椀の中の粥に目を落とした。

「野草に甘みをつけると、妙な青臭さが残る。それも薬効と思い、ありがたく食してきたのですが、塩味にすれば、塩が野草の素朴《そぼく》な味を上手《うま》く引き出してくれる。この味わいを今日まで知らずに来たのは実に惜しいことです」

版元《はんもと》の台詞《せりふ》に釣られたのか、清右衛門も渋々、箸を取った。口に運んで、忽《たちま》ち、おっと軽く目を見開く。二口め、三口め、と箸の進み具合は早くなる一方だ。

座敷から膳《ぜん》を下げてきたりうが、

「粋《いき》で鯔背《いなせ》が身上《しんじょう》の江戸っ子は、粥嫌いのはずなんですがねぇ」

ほら、こんなですよ、と舐《な》めたように綺麗《きれい》な器《うつわ》を示して、嬉《うれ》しそうに笑った。

いやいや、と首を振り、自分も江戸っ子の坂村堂は、

「験担《げんかつ》ぎや昔ながらの習わしを大事にするのもまた、江戸っ子ですからね。昨年、つる家の七種粥を口にして息災に過ごした者は、また今年も、と思う。そういう律儀《りちぎ》なところもあるんですよ」

と、泥鰌髭《どじょうひげ》を撫《な》でてみせた。

その律儀な江戸っ子が、またひとり、暖簾を潜《くぐ》ったらしい。おいでなさいませ、とふきの明るく迎え入れる声が響く。

どうぞごゆっくり、と板敷のふたりにお辞儀をする澪の鼻先に、清右衛門がぬっと空《から》の椀を差し出した。


果たして坂村堂の読み通り、七草のその日、色々あって一旦《いったん》はつる家に見切りをつけたお客までもが澪の七種粥を求めて戻った。久々に店に活気が蘇《よみがえ》り、つる家の面々は忙しく働きながらも、各々《おのおの》、喜びを嚙《か》み締めていた。

そうして暖簾を終《しま》う六つ半（午後七時）近くになって、思いがけない人物が現れたのである。


「澪、ちょっと」

調理場へ戻った芳が、間仕切りを示した。

「ここから見とおみ」

怪訝《けげん》に思いつつも、そこからお客のまばらな入れ込み座敷を覗《のぞ》くと、ぼってりと肉付きの良い男の背中が見えた。その艶々《つやつや》と光る禿頭《とくとう》に目を止めて、澪は、まあ、と低く声を洩らした。吉原廓《よしわらくるわ》 翁屋《おきなや》の楼主《ろうしゅ》、伝右衛門《でんえもん》そのひとだったのである。

芳の言うのには、この近くまで用足しに来た伝右衛門が、つる家の七種粥の噂《うわさ》を聞いて、良い折りだから、と訪れたのだとか。新店のことで色々と経緯《いきさつ》のあった伝右衛門だが、断りに出向いた際の、鷹揚《おうよう》な呵呵大笑《かかたいしょう》は忘れ難《がた》かった。

「お前《ま》はんから、きちんと挨拶《あいさつ》させてもろたらどないだす」

芳の言葉に澪は頷き、膳を整える。

「ご無沙汰《ぶさた》しています」

膳を手に、目の前に現れた澪を見て、それまで店主の種市《たねいち》と談笑していた伝右衛門は、ぎょっと目を剝《む》いた。

「これは一体……。もう店を引いたはずでは」

素早く周囲を見回して、楼主は声を落とす。

「大層な玉の輿《こし》に乗ることになった、と。そう又次《またじ》から聞いていますよ」

澪はさっと畳に両の手をつくと、

「これまで通り、つる家の調理場に立ちます。どうか今後ともご贔屓《ひいき》に」

とだけ言って、丁寧《ていねい》に頭を下げた。

伝右衛門は怪訝そうに種市を見たが、種市はその視線から逃《のが》れ、顔を背《そむ》けている。

店主と料理人とを交互に見ると、楼主は顎《あご》に手をやって考え込んだ。玉の輿の縁談が壊れた理由を、あれこれと想像しているようだった。

「冷めないうちにどうぞ」

澪は楼主に膳を勧めると、早々に調理場へ退いた。

暖簾を終ったあと、お客は次々に引いていき、最後は伝右衛門ひとりになっていた。ゆっくりと七種粥を味わって箸を置くと、店主に辻駕籠《つじかご》を頼み、その到着を待つ間、澪を傍《そば》に呼びつけた。

「これを」

伝右衛門は、畳んだ懐紙《かいし》の上に小判を一枚、置いた。

七種粥のお代にしてはあまりに法外だ。

「釣りはそっくり、お前さんへの心付けだ。取っておきなさい」

澪は驚いて、強く辞退する。

「頂けません、多過ぎます」

娘の対応に、伝右衛門はぷっくりと肉の付いた福耳をふるふると震わせながら、頭を振った。

「お前さんは頑固でいけない。心付けを差し出した者の顔を潰《つぶ》さぬことも、そろそろ学んだ方が良い」

強い口調で諭《さと》されて、拒《こば》むわけにもいかず、澪は両の眉《まゆ》を下げたまま、楼主に丁寧に礼を述べた。

「色々あるだろうが」

伝右衛門は、つるりと禿頭を撫でて、

「まあ、頑張ることだ」

と、妙に慰《なぐさ》める声で言った。

睦月、十三日。

年が明けて初めての「三方《さんぽう》よしの日」ということもあり、澪は常《つね》よりも早く、つる家へと向かった。七草を機に漸《ようや》く客足が戻ったのだ。今日の三方よしでも充分なもてなしを、と足は自然、小走りになる。

暦《こよみ》の上ではとうに春なのだが、底冷えは去らず、綿入れの身を縮《ちぢ》めて、川からの風に耐える。

「澪姉さん」

俎《まないた》橋を渡る澪を認めたのだろう、表通りを掃いていたふきが、ぴょんぴょんと跳ねるように駆け寄った。

「大変なんです、大変、大変」

大変、を繰り返しながらも、双眸《そうぼう》がきらきらと輝いている。

「ふきちゃん、一体何が大変なの？」

「早く、早く」

戸惑《とまど》う澪の後ろに回り、その背中を両手でぐいぐいと押して、ふきは勝手口へと急《せ》かす。何なの、どうしたの、と澪は押されるまま、調理場へと入った。

「あっ」

そこに立つひとを見て、澪は零《こぼ》れ落ちそうなほど瞳《ひとみ》を見開いた。

藍《あい》無地の木綿《もめん》に真っ白な襷《たすき》をかけた男が、鰤《ぶり》を捌《さば》く手を止めて、顔を上げた。

吉原廓翁屋の料理番、又次だった。

「久しぶりだな」

時には相手を震え上がらせるほどの鋭い眼光を今は収めて、又次は柔らかに頬《ほお》を緩《ゆる》めている。

「今日からまた、世話になるぜ」

「又次さん、一体どうして？」

澪は又次に駆け寄ると、縺《もつ》れる口で尋ねた。

「どうして、って」

問われて、又次は困ったのだろう、ぎゅっと眉根《まゆね》を寄せる。

「翁屋の楼主からそう言われたのさ。これまで通り、『三方よしの日』を助《す》けろ、ってな」

伝右衛門の心遣《こころづか》い、と知って澪は、そっと目を伏せ、心の中で手を合わせた。そんな澪に、又次は左右に首を振ってみせる。

「おいおい、だからって、ありがたいだの申し訳ないだの思うこたぁ、これっぽっちも無《ね》ぇんだぜ。亡八《ぼうはち》には、何か儲《もう》けの算段があってのことだ」

そのうちにまた、無理難題を吹っかけられるだろうよ、と又次はほろ苦く笑った。

小松原《こまつばら》との縁組を喜んで送り出してくれた又次に、澪は事の顚末《てんまつ》をどう話して良いかわからず、会話を続けることが出来ない。それを察したのか、又次は手もとの鰤を示して、

「良い寒鰤だろ？　ここの旦那は目利きだな。これをどうする？　まずは刺身か。あっさり塩焼きも旨《うま》いが、柚庵焼《ゆうあんや》きも良い。白子《しらこ》の煮付けは酒に合うぜ」

と、水を向けた。

又次の気遣いに甘えることにして、澪は、

「かまは塩焼きにしましょう。旦那さんの好物なんです。白子の煮付けも美味しいですよね。あ、下拵《したごしら》えは私が」

と、朗《ほが》らかに応《こた》えた。

「蓮根《れんこん》と山芋《やまいも》、それに百合根《ゆりね》の良いのがあるが、あれをどうする？」

又次に問われ、澪は暫《しば》し考える。蓮根はつけ揚げ、山芋は菊花雪《きっかゆき》、百合根は茶碗蒸《ちゃわんむ》し、というのがよく作る料理なのだが、たまには趣向《しゅこう》を変えてみよう。

「蓮根は射込《いこ》みにしましょう。それと、百合根は蒸してから裏漉《うらご》しして、餡《あん》かけ饅頭《まんじゅう》に。天満《てんま》一兆庵《いっちょうあん》では、いずれもよく作った料理なんですよ。そうだわ、もうひと手間かけて、百合根に山芋も合わせてみましょうか」

自分ひとりなら、到底《とうてい》間に合わない手のかかる料理も、又次が居れば出来るのだ。

そう思うと心が躍《おど》る。

「ほう、どれも初めての料理だ」

作り方を教えてくんな、と応える又次の声もまた、明るく弾《はず》んでいる。

ふたりの料理人は、知恵を出し合い、夢中で献立《こんだて》を決めていく。

勝手口に佇《たたず》み、その様子をわくわくと眺《なが》めていたふきは、背後に種市が立っていることに気付いた。お帰りなさい、と言いかけるふきに、種市は、しぃ、と声を出さぬよう素振りで命じた。

料理人たちは、店主と下足番《げそくばん》の存在に気付かないまま、ぽんぽんと勢いよく会話を交《か》わしながら下拵えに取りかかる。

そこだけ温かな陽射《ひざ》しが溢れるような光景に、種市とふきはじっと見入っていた。

「やっぱり良いものですねぇ、又さんが調理場に居るってのは」

賄《まかな》いのあら汁を食べ終えたりうは、皺《しわ》に埋もれた目をさらに細めて、調理台で腕を振るう又次に見惚《みと》れている。

「いつもは皺くちゃなお爺《じい》さんだけですからねぇ。目の保養になりますよ」

ぶっ、と種市が飲んでいたお茶を盛大に噴いた。慌てて手拭《てぬぐ》いで着物の前を拭い、恨めしそうにりうを見る。

「聞き捨てならねぇな、誰が皺くちゃな爺さんだってんだよぅ」

責められても、りうは、

「まあまあ、随分と耳の良いお爺さんだこと」

と、自分のことは棚《たな》に上げて、美味しそうにお茶を啜《すす》っている。

土間からこちらを覗いていたふきが、くすくすと笑いだし、それを機に芳と澪が笑顔になった。仕方なく種市も頭を掻《か》いている。皆の様子に、又次の目もとがわずかに和《なご》んだ。

「おい、つる家、もうそろそろ良いんじゃねぇのか」

酒を出す刻限まで待ちきれないのだろう、表で誰かが怒鳴っていた。

柚子《ゆず》をぎゅっと絞り込んで、鰤《ぶり》の柚庵焼き。

白子の煮付けには、針生姜《はりしょうが》をたっぷり。

蒸した百合根と山芋を裏漉しし、卵白と塩を加えて練り合わせ、中に椎茸《しいたけ》と銀杏《ぎんなん》を包んで蒸しあげる。仕上げに葛《くず》あんをとろり。

蓮根の穴に海老《えび》のすり身を詰め、片栗粉を軽く叩《はた》いて胡麻《ごま》油でからりと揚げたものには、芥子《からし》酢《ず》を添えて。

その日、三方よしを楽しみにつる家の座敷に上がったお客たちは、細部まで気持ちの行き届いた肴《さかな》を口にして、暫《しば》し放心していた。

あまりに座敷が静かなので、ふたりの料理人は気がかりで間仕切りから覗いてみた。

「どう言やぁ良いんだか……」

ひとりが口火を切った。

「ここまで気合の入った肴ってなぁ、そう滅多《めった》に口に出来るもんじゃねぇよ。この白子の煮付けの旨《うめ》ぇこと」

全《まった》くだ、と連れでもないのに隣席の男が頷いてみせる。

「この百合根料理にも仰天《ぎょうてん》だ。こいつぁひとりじゃ無理だぜ。女料理人に誰か助っ人が付いたんじゃねぇのか」

おい、親父《おやじ》、と声をかけられて、種市はそうさね、としたり顔になっている。

「とびきり腕の良い、おまけに気風《きっぷ》も良い料理人が戻ってきてくれたんだよぅ」

店主が応えるなり、どっと座敷が沸《わ》いた。

「例の強面《こわもて》の料理人だな、よしよし」

「そうか、そうか、戻ったか」

どのお客も又次の復帰を心から喜んでいるのが読み取れて、覗き見ていた又次をひどく狼狽《ろうばい》させる。澪は、そんな又次の様子を微笑《ほほえ》ましく思いながら、静かに間仕切りを離れた。

調理台には、黒地に金で桜と紅葉《もみじ》を散らした、見事な平蒔絵《ひらまきえ》の弁当箱が載せられている。又次から託された、あさひ太夫《だゆう》の弁当箱だ。切ない思いが胸に溢れる。澪はそこに、俵型《たわら》に結んだ握り飯と、浅草海苔《のり》を巻き込んだ玉子の巻き焼き、射込み蓮根、それに鰤の柚庵焼きを丁寧に詰めて蓋《ふた》をした。

そうして懐《ふところ》から巾着《きんちゃく》を引っ張り出すと、中身を掌《てのひら》にころんと空《あ》けた。一対《いっつい》の蛤《はまぐり》の貝殻だ。その片貝を袱紗《ふくさ》に包むと、弁当箱の上にそっと置き、風呂敷で包んだ。

澪が旗本《はたもと》の奥方になる、と知って、それまで肌身離さず持っていた蛤の片貝を返して寄越した野江《のえ》。真実、澪のことのみを想《おも》っての潔《いさぎよ》い振る舞いに、胸が詰まる。今、その片貝を再び野江のもとへ戻すことで、澪の想いもきっと察してくれるだろう。

野江ちゃん、と小さく呼んで、澪は風呂敷越しに片貝に触れた。

「今日はほんに、ええ日ぃだした」

又次に送られて、金沢町の近くまで帰り着いた時に、芳はしみじみと呟《つぶや》いた。

極寒《ごっかん》の時は過ぎたとはいえ、吐く息は忽《たちま》ち白く凍り、天にのぼっていく。見上げれば、蛤に似た形の月が天頂に浮いて、三人を優しく照らしていた。

「又次さん、ほんまにどないお礼を申し上げたらええもんか」

昨冬からこれまでに至る澪の苦悩を、間近でつぶさに見てきた芳なのだ。料理人としての又次の存在がどれほど澪の救いになったのか、察したのだろう。

この通りだす、と芳は足を止めて丁寧に頭を下げた。

「よしてくんな。礼なんざ、言われる覚えはねぇよ」

又次は狼狽《うろた》え、逃げるように去りかけたが、はたと立ち止まり、澪を振り返った。

「そろそろ何かまた、新しい料理を考えたらどうだ。馴染《なじ》みの味は客を安心させるが、そればかりだと料理番付には選んじゃあもらえねぇぜ」

番付のことを言われて、澪は、少しばかり考え込んだ。口を噤《つぐ》んだ娘のことを、又次は、落ち込んでいるものと誤解したのだろう。気まずそうに、済まなかった、とだけ言って、今度は振り返りもせずに明神下《みょうじんした》の方角へと足早に消え去った。

「又次さんは、ああ言わはったけれど」

裏店《うらだな》へ戻り、眠る前のひと時、お茶を啜っていた芳が、ゆっくりと湯飲みを置いた。

「もう料理番付のことは、気に病《や》まんかて宜《よろ》し。つる家の旦那さんには申し訳ないことやけど、お前《ま》はんが料理番付に振り回されるんは違うと思うよって」

火の始末を終えて、澪は芳の傍まで膝行《しっこう》した。

「ご寮《りょん》さん、私は又次さんの仰《おっしゃ》る通り、何か新しい料理を考えてみようと思います」

芳の眉間《みけん》にわずかに皺が寄るのを見て、澪は、両の眉を下げながらも懸命に続けた。

「江戸で生きの良い寒鰤《かんぶり》に出会えるのは、滅多にないこと。今日はその鰤がありました。射込み蓮根に百合根饅頭も、つる家では初めて作らせて頂いたものです。口に馴染んだ料理を食べる楽しみも大事。初めての料理と出会う楽しみも大事。その両方を大切にしたいからこそ、お客さんに喜んで頂ける何か新しい料理を考えたいのです」

「料理番付は関係ない、と?」

芳に問われて、澪は、はい、と大きく頷いた。

三年前、初めて番付に載った時の感激を忘れたことはない。だから、番付に思い入れが全くない、と言えば嘘になる。けれども、一昨年の競い合いの際に、りうから言われた精進《しょうじん》の話。それに、先月、源斉《げんさい》から聞いた、医師見立の話。どちらも、澪の考え違いを正してくれたものだ。

「番付に入りたいから新しい料理を考えるのでは決してありません。何よりもまず、お客さんに喜んで頂ける料理を作りたい。創意工夫を重ねることで、私自身の料理人としての器を広げていきたいのです」

食べることで身体を厭《いと》い、慰めになるような。

そんな料理を作ることこそが自分の本分だと思う、と澪は芳に訴《うった》えた。

「なるほどなあ」

とうに冷めた湯飲みを掌で包み込んで、芳は、深く息を吐いた。

「嘉兵衛《かへえ》が亡《の》うなって、お前《ま》はんを料理人として導く者がおらんようになった——そないな思うてました。けど、それは間違いやった。神さま仏さまは、お前はんの才を潰《つぶ》さんよう、折々に必要な助言をくれはるひとを用意してなはるんやなあ」

はい、と澪は頷き、ふっと目を伏せた。

——料理の基本がなっていない

——料理でひとを喜ばせる、とはどういうことか。それを考えることだ

懐かしい声が、その眼差《まなざ》しが蘇る。

道に迷う澪に、同じく料理に携《たずさ》わる立場で助言をくれたのは、小松原ひとりきり。それにより、どれほど助けられてきたことだろう。しかし、これからはもう、それも望めないのだ。

しっかりしなくては、と澪は膝に載せた手を小さく拳《こぶし》に握った。

その日、朝からつる家の誰もがそわそわと落ち着きがなかった。

「遅《おせ》ぇなぁ、日本橋からここまで、そんなにかからねぇだろうに」

種市は勝手口から外へ出て、路地から表通りをぐるっと回り、また戻る、というのを幾度となく繰り返している。下足番のふきは、その度《たび》に、何とも申し訳なさそうに

身を縮めた。

今にもぱらりとお湿りが落ちて来そうな曇天の下、その人物がいつ袒橋を渡ってくるのか、種市は気が気でならないらしい。

「今年は俺がまず湯へ連れて行ってやろう。奉公の垢《あか》を落として小ざっぱりさせたら、お澪坊に何か旨いものを作らせてよう。そうだ、下足番はりうさんに任せて、ふき坊も連れて三人で芝居でも行くか」

ぼそぼそと独り言を洩らしながら出たり入ったりする店主を見て、芳が澪にそっと耳打ちする。

「まるで孫を待ちかねてはるみたいだすなあ」

ええ、と澪も笑顔で返す。

今日は、日本橋登龍楼《とりゆうろう》に奉公している健坊《けんぼう》の藪入《やぶい》りなのだ。去年同様、りうが迎えに行って、健坊をつる家に連れ帰ることになっていた。夏の藪入りには風邪《かぜ》をこじらせて顔を出すことが叶わなかったから、実に一年ぶりのつる家来訪なのだった。

健坊の好物、と聞いていた柿はもう手に入らないけれど、替わりに干し柿を用意してある。健坊、早く帰っておいで、と澪も心の中で繰り返した。

暖簾を出す刻限になっても、りうは戻らず、昼餉時《ひるげどき》で入れ込み座敷が一杯になっても、まだ戻らず、店主が待ちくたびれた頃に漸《よう》く、健坊を連れて勝手口に姿を見せた。

「何だぁ、今年もまた下足番をやりてぇだぁ？」

去年よりもぐんと大きくなった身体を、真新しいお仕着せで包み込んで、健坊は調理場の板敷に畏《かしこ》まっている。齢《よわい》九つ、随分と顔つきもしっかりしてきた。

「せっかく湯へ連れてってやろうと思ってたのによぅ。何だって下足番なんかやりてえんだよぅ」

姉と一緒に働きたい、というささやかな希望を聞いて、種市は落胆を隠せない。

まあまあ、とりうが店主を慰める。

「実の親のところへ帰るわけじゃなし、ここへ来るのだって子供なりに気兼《きが》ねなんですよ。思うようにさせておあげなさいな」

りうにそう言われて、店主は渋々承知した。

剝《む》き身浅蜊《あさり》とたっぷりの葱《ねぎ》で、熱々の汁飯。干し柿は細く刻んで、紅白膾《こうはくなます》と白和《しらあ》え、それぞれに忍ばせる。ことに煎《い》った鬼胡桃《おにぐるみ》と干し柿の白和えは澪のお気に入りの味だ。

賄いとしての分を守りつつ、姉弟のためにささやかな宴《うたげ》の用意をする。

客足が止《や》み、夕餉のお客を迎えるまでのほんの一時《いっとき》、調理場の板敷が姉弟の居場所になった。

「健坊、美味しいかい？　ああ、また零《こぼ》して」

普段一緒に居られない分、ふきは何くれとなく弟の世話を焼く。去年も目にした光景でありながら、どうにも切なくなり、澪はふたりに背を向けて、料理の試作に取りかかった。

旬《しゅん》のものや時知《ときし》らずなど、手当たり次第に使って、これまでにない目新しい料理を、とあれこれ試《こころ》みるのだが、なかなか得心いくものが出来ない。思案に暮れて、ふと振り向くと、ふきが漉《す》き返し紙を折って、何かを作っているのが目に映った。見るともなしに見守っていると、折り紙は船の形になった。長い水押《みよし》を持つ、猪牙《ちょき》にも似た船形は、澪にも懐かしい。

「ほら、健坊、宝船だよ」

姉から渡された折り紙を、健坊は嬉しそうに眺めている。

小さな手の中の、小さな宝船。

「初夢には間に合わなかったけれど、それを枕《まくら》の下に敷いて寝な。縁起物だからね」

姉の言葉に、健坊はこっくりと頷いた。

楽しい刻《とき》は瞬《また》く間に過ぎ、俎橋から九段坂へと続く通りが黄昏《たそがれ》の色に染まりだす前に、健坊は自《みずか》ら下足番を終えて暇《いとま》を口にした。

「今日はお世話になりました」

そう言って、健坊は、額《ひたい》が膝にくっつきそうなほど丁寧に頭を下げる。つる家に来たばかりの頃のふきを思い出させる姿だった。

「健坊、つる家の旦那さんにお許しを頂いたから、ふきちゃんにも一緒に送ってもらいましょうかね」

登龍楼まで健坊を送り届ける役を任されたりうが、別れがたい姉の気持ちを察してそう促《うなが》した。だが、健坊は黙って頭《かぶり》を振る。店がこれから書き入れ時を迎えるのを知っているのだろう。

夕映《ゆうば》えの俎橋を、同じく藪入りを終えた小僧が、親に手を引かれてべそをかきかき渡っている。橋の袂《たもと》まで見送りに出たつる家の面々に、健坊はもう一度、深々とお辞儀をして暇を告げた。

「夏の藪入りも待ってますで」

握り飯の入った風呂敷包みを腰に結わえてやりながら、芳がそう声をかけると、健坊はまたこくりと頷いた。

りうのあとについて、健坊はあとも振り返らずに俎橋を渡る。その手に宝船がぎゅっと握り締められていた。ふきはただ黙ってその折り紙を凝視する。

奉公先の登龍楼で辛《つら》いことがあったとしても、枕の下に置いた宝船が守ってくれるように――ふきの祈りが聞こえた気がして、澪はそっと少女の肩を抱き寄せた。

睦月も二十日を過ぎると、外に出した桶《おけ》の水に氷が張らなくなる。ありがたい、と思いながら洗い物を済ませると、澪は芳に断って、早めに家を出た。

曙《あけぼの》色に染まり始めた天に、淡い半月が残る。薄く削《そ》いだ大根に似た、心もとない月だ。その月を背中に、明神下を北へ真《ま》っ直《す》ぐ。途中、武家屋敷の白い塀から覗く梅の枝に、ちらほらと蕾《つぼみ》が付いているのを見つけて、澪は立ち止まった。

暦の上だけだった春が、一日経《た》つごとにこちら側へと歩み寄ってくる。

鼻から息を静かに吸う。微《かす》かな梅花の香りに勇気をもらい、澪はそれまで辛さのあまり避けていた場所へと、足を踏み入れる。

枝を広げた楠《くすのき》に守られて、稲荷《いなり》社は変わらぬ静寂の中にあった。ただ、祠《ほこら》の上に積もった落ち葉や泥が、あの日以来、ひとの訪れのないことを物語っている。

「ご無沙汰してしまいました」

手入れを済ませ、化け物稲荷の祠の前に蹲《うずくま》ると、澪は何よりもまず、心から詫《わ》びた。どのくらいそうしていただろうか、祈りを終えて顔を上げると、神狐《しんこ》と目が合った。

常の優しい目でふふふ、と笑っている。

「神狐さん、長いこと堪忍」

澪は手を伸ばして、神狐の欠けた耳を撫でた。その足もとに油揚げが供えられた気配はない。

ふいに、心の奥底に埋めていた、あの日の景色が蘇る。胸に刻まれた、想いびとの姿や声、その表情の細部までがありありと思い起こされる。澪は頭《かぶり》を振って、面影を払った。

もう、小松原さまがここにおいでになることはない。二度と逢《あ》うことはないのだ。全《すべ》て、自身が選んだこと。疼《うず》きだした胸の傷に、澪はじっと耐えた。

かかかん

かかかん

けたたましい鳴き声に驚き、澪は天上を振り仰《あお》いだ。化け物稲荷の狭い暁天《ぎょうてん》を、楔《くさび》形の雁《かり》の群れが渡っていく。

ひと冬を江戸で過ごし、春を迎えた今、再び北の地へ帰るのか。

この身にどれほどのことがあろうとも、季節は廻《めぐ》りゆく。

約束を交わしたわけではないのに、春が来れば花は咲き、冬鳥は旅立つのだ。雁が去ったあとの空を、澪は飽かず見上げ続けた。

「そうか、まだか」

睦月最後の「三方よしの日」の朝、前掛けの紐《ひも》を結びながら、又次が声を落とした。つる家の調理場に現れるなり、この十日間の成果を澪に尋ねた又次である。

「確かに、新しい料理を考えだすなんてなぁ、簡単なこっちゃねぇからな」

「ええ」

小松菜を手に、澪は力なく項垂《うなだ》れた。

旬のものをひと通り使い、色々と試《ため》しているのだが、思うようなものが作れない。

「菊花雪の時みてぇに、何か使う食材を決めてから取りかかった方が良いかも知れねぇぜ」

又次の言葉に、なるほどそうかも知れない、と澪は頷いた。

青物《あおもの》で行こうか。それとも魚か。

あれこれ考え始めて、ふと、調理台の隅《すみ》に置かれた塗物《ぬりもの》に目が行った。角《かど》の取れた優しい形の弁当箱。見慣れた野江のものだ。

「今日もまた、太夫に弁当を頼むぜ」

鼻に皺を寄せて笑ったあと、又次は声を低めた。

「あんたからの片貝、あれを太夫は羽二重《はぶたえ》の袱紗に包んで、いつも懐に入れておいでだぜ。片貝が太夫のもとに戻された経緯《いきさつ》について、何も聞かれねぇし、俺からも何も言わねぇが、時折り、懐に手を置いて祈るように過ごしていなさる」

ふいに視界が霞《かす》んで、澪は顔を背けた。

野江が澪のことを心から案じ、祈ってくれているのだ、と思うと胸が一杯になった。

会話が途切れた時に、開け放たれたままの勝手口から、

「お澪坊、又さん、待たせたな」

と、店主が仕入れの荷を抱《かか》えて、帰ってきた。

「取り敢《あ》えず、これだけ持って帰ってきたぜ。あとは運んでもらうことになってるからよぅ」

よろめきながら桶を土間にどんと置いたのを見ると、大量の牡蠣《かき》が入っている。

「深川牡蠣だな」

又次が言えば、おうともさ、と種市は得意そうに胸を張った。

「牡蠣は弥生《やよい》一杯まで食えるが、本当に旨《うめ》ぇのはせいぜい来月一杯だ。今のうちにお客に存分に食ってもらいてぇからよぅ」

中のひとつを取り上げて、ほう、こりゃあ良い、と又次は目を輝かせる。

「酢牡蠣、牡蠣飯、殻焼き、牡蠣鍋、そうだ、牡蠣の天麩羅《てんぷら》なんてのもいけるぜ。揚げたてを塩で、ってのがまた旨い」

ええ、と相槌《あいづち》を打ちながら、このひとは本当に料理が好きなのだわ、と澪は微笑ましく思った。

桶の脇に身を屈《かが》めて、澪は棘々《とげとげ》した殻を突いてみる。安くて美味しくて身近な食材。ことに、澪には思い出深い食材でもあった。

つる家で初めて作らせてもらったのが、牡蠣の土手鍋《どてなべ》だった。深川牡蠣を白味噌《しろみそ》で煮たものは江戸っ子にはこの上なく不評で、お客から銭を投げつけられたのだ。あれは、もう四年も前のこと。

あれから四年。江戸の暮らしに馴染んだ今なら、江戸っ子の口に合う料理に仕上げられるのに。そんなことを思い、澪は、そうか、と声を洩らした。

牡蠣で何か新しい料理を考えられたなら、面白いかも知れない。何より美味しくて、食べたひとが健《すこ》やかになるような料理を。

「牡蠣で看板料理、ってぇのも面白いな」

澪の思いを見抜いたのか、又次がぼそりと呟いた。

「牡蠣だな、わかった」

種市は、任せておけ、とばかりに胸を叩《たた》く。

「暫《しばら》くは牡蠣の仕入れを絶やさねぇようにするぜ」


それからは、寝ても覚めても牡蠣のことばかり考えて過ごすようになった。料理で思考を占めてしまえば雑念から逃れられるのも、澪にはありがたかった。

だが、当初、容易《たやす》いと思われた牡蠣料理の試作は、思いがけず難航した。衣《ころも》を工夫して揚げたり、擂《す》り鉢で擂り身にしてみたり、と手をかければかけるほど、試食した店主やりうに暗い顔をされてしまうのだ。

遠浅《とおあさ》の深川沖では、豊潤《ほうじゅん》な味わいの牡蠣や浅蜊がふんだんに獲《と》れる。ことに牡蠣は江戸っ子にとって自慢の種だった。食し方も、あまり手をかけることを好まず、七輪で殻ごと炙《あぶ》って食べる殻焼きが人気である。

過日の三方よしで供した牡蠣尽くしでも、その事実をひしひしと感じた。時雨《しぐれ》煮も酢牡蠣も天麩羅も、確かに喜んではもらえたのだが、やはり一番好まれるのは、殻焼きだった。

下手をすると殻焼き以上の料理を見つけることの出来ないまま、牡蠣の旬を外れてしまうかも知れない。調理台で牡蠣の殻を外しながら、澪は思わず知らず、深い溜息をついていた。その溜息の大きさに、はっと我に返る。

何を弱気な。

澪は腰を伸ばし、襷《たすき》を解いてもう一度、締め直す。結び目はきゅっときつく。よし、と頷くと、再度、牡蠣に向かった。

「路地が随分とすっきりしましたねぇ」

晴れやかな声を上げて、りうが勝手口から入ってきた。

どれ、と澪は手拭いで手の水気を取りながら、路地をひょいと覗く。

昨日までそこには牡蠣の殻を詰めた籠《かご》が山と積まれていたのだが、今朝になってそれらが一掃された。

牡蠣殻は、上質な漆喰《しっくい》の材料になることもあって、引く手あまた。江戸ではその回収を生業《なりわい》とする者が居る。つる家の勝手口から表通りに繋《つな》がる狭い路地を占拠していた沢山《たくさん》の牡蠣殻も、そうした者に買われて、跡形もなくなっていたのだ。

「あたしゃてっきり、つる家は牡蠣殻に乗っ取られちまう、と思ってましたよ」

口を窄《すぼ》めてみせるりうに、そんな、と澪は情けない声を洩らした。

冗談ですよ、とりうはふぉっふぉと笑う。

「それより澪さん、今日はどんな牡蠣料理を食べさせてもらえるんですか？」

りうに問われ、澪は暫く思案して、

「酒煎りした牡蠣を葛あんに絡めて、殻に戻して軽く蒸してみようか、と」

と、答えた。

忽《たちま》ち、りうの表情が曇る。

「牡蠣なんてもんは、あまり手を加えない方が美味しい、とあたしゃ思いますよ」

でもそれでは、と澪が応えるのを制して、りうはさらに続ける。

「わかってますとも。それじゃあ料理人としての腕の振るい甲斐《がい》がないってこともね。けど、料理屋の料理は、お客に喜んでもらってこそでしょうよ」

ぴしゃりと言われて、澪は俯《うつむ》いた。

りうが座敷へ移ったあと、澪はその言葉を胸のうちで繰り返してみる。

確かに、りうの言う通りだ。

何か新しい料理を、と思ったのは、お客に喜んでもらいたいがゆえだった。それなのに、無意識のうちに料理でお客をねじ伏せようとしていた。何と愚《おろ》かしいことだろうか。

番付に載ることが目的ではない。また、登龍楼と競い合うつもりもない。

もう一度、初心に戻ろう。

手の中に握りしめていた手拭いを丁寧に畳むと、澪は調理台へと戻った。

睦月最後の日は、昼餉時の客足の落ち着くのが思いのほか早かった。そのため、つる家の面々は、ここ最近では珍しく、のんびりとした昼下がりを過ごしていた。長くご無沙汰だったおりょうが、重そうな風呂敷包みを抱えてつる家を訪れたのは、丁度そんな折りだった。

「旦那さん、この通りです」

板敷に両の手をついて、おりょうは詫びた。

「年明けからこちらに戻るつもりが、勝手ばかりで、堪忍してください」

親方の体調を問えば、卒中風《そっちゅうふう》のあとは順調だったのだが、ここへきて急に食欲が失《う》せて覇気《はき》がなくなった、とのこと。

そいつぁいけねぇな、と種市は唸《うな》った。

「伊佐《いさ》さんやおりょうさんにとっちゃあ、親方は親代わりみてぇなもんだ。存分に孝行してくんな。こっちは何とかするからよぅ」

労《ねぎら》いの滲んだ声で、種市は続ける。

「もう少し暖かくなって、無理でないようなら、一度親方にここへ来てもらってくんな。食が細いならなおのこと、お澪坊の料理を食ってもらいてぇのさ」

店主の労《いたわ》りに、おりょうは洟《はな》を啜る。小さく礼を繰り返して、傍《かたわ》らに置いた風呂敷包みを引き寄せた。澪ちゃん、と澪に手招きして、おりょうは風呂敷の結び目を解《と》く。

「澪ちゃんに使ってもらおうと思って持ってき……ああ」

広げた藍染めの風呂敷から、鮮やかな黄色の果実がころころと転がる。あらあら、大変、と全員が一斉に板敷を這《は》ってかき集めた。三、四十ある。

「まあ、柚子」

思いがけず持ち重りのするひとつを手に取って、澪は歓声を上げた。

目を射貫《いぬ》く艶《あで》やかな黄色。丸みを帯びた形、皮はしっかりと厚い。鼻を寄せると、独特の香気が鼻腔《びこう》をくすぐる。実に見事な柚子だった。

「親方の家の庭に、大きな柚子の樹《き》が植わっててねぇ。そろそろ旬も外れちまうし、親方に許してもらって、今朝、太一《たいち》と一緒に捥《も》いだんだよ。良かったら使っとくれでないか」

おりょうに言われて、澪は、喜んで、と華やいだ声で応えた。

これから竪大工町《たてだいくちょう》まで戻る、というおりょうを、澪は俎橋まで見送った。柔らかな陽射しが心地よく、飯田川を行く船頭たちの掛け声も長閑《のど》やかに聞こえる。

「随分と会ってなかったから、今日、澪ちゃんの顔を見られてほっとしたよ」

色々と耳に入っているはずが、余計なことは何ひとつ聞かずに、おりょうは温かく笑って澪の腕を優しく撫でた。

「そうそう、この間、親方の遣《つか》いで日本橋の瀬戸物町へ行ったんだよ。伊勢屋《いせや》さんの近くだろ？　ばったり美緒《みお》さんに会ってねぇ。未《いま》だに大根の皮を薄く剝けないんだとさ。それでも台所に立つのが好きになったのは澪ちゃんのお陰だ、って言ってた」

それじゃあね、とおりょうは橋上のひととなった。

慰めや励《はげ》ましを口にされていたら、きっと息苦しくなっただろう。澪は自身の狭量を恥じながら、おりょうの心遣いに感謝してその後ろ姿に頭を下げた。


塩でこすって皮をよく洗い、包丁でその黄色い肌を小片に削ぐ。忽ち、芳《かぐわ》しい香気が調理場に満ちる。

「こいつぁ、とんでもなく良い柚子だ」

如月《きさらぎ》最初の「三方よしの日」、包丁の手を止めて、又次が感嘆の声を洩らした。

ええ、と澪も嬉しくなって頷く。

「皮の香りも素晴らしいんですが、たっぷりと搾《しぼ》り汁が取れるのも嬉しくて」

色々、試してみようと思います、と澪は声を弾ませた。牡蠣料理でなかなか迷路から抜け出せずにいるのだが、何となく光が見えそうな気持ちになる。

「柚子は邪気を払う、って昔っから言うしな」

又次は籠に入った柚子を覗いて、

「沢山あるな。澪さん、悪いが五つほどもらえめぇか」

と、尋ねた。

澪から諾《だく》の返事をもらうと、又次は棚から鬼胡桃《おにぐるみ》と松の実を探しだして、さっと乾煎《からい》りする。何が始まるのか、と興味深く見守る澪の前で、柚子を俎板に置き、上から四分の一の辺りに包丁を入れて切り分けた。中身をくり抜くのを見て、柚子釜だろう、と澪は見当をつける。柚子を器に見立てて、中に刺身か和え物を詰めるのだろう、と。

だが、又次は、今度は擂り鉢で味噌と砂糖と酒、味醂《みりん》を擂り合わせ、先の胡桃と松の実を混ぜて練り始めた。練り上がったものを柚子の中に七分目ほど詰めて、蒸気の立った蒸籠《せいろう》に並べる。

「翁屋の上客に教わった料理なんだが、なかなか乙《おつ》な味で気に入ってる」

そう言って、又次は鼻に皺を寄せて笑った。

食材と調味料の配合から、おおよその味は見当がつくのだが、それにしても不思議な料理だ、と澪は首を傾《かし》げる。

「味見が楽しみです。旦那さんにも見て頂いて、今夜のつる家の献立にも載せましょうよ」

澪の言葉に、又次はほろりと笑った。

「悪いがそいつぁ、とても無理だ」

「どうしてですか?」

澪の問いかけに、又次は笑いを収めて、こう答えた。

「蒸し終わったら、軒先《のきさき》に吊るしてひと月以上、寒風に晒《さら》す。口に出来るまで随分と刻がかかるのさ」

ひと月以上、と繰り返し、澪は考え込む。

食材を陽《ひ》に干したり、風に晒したりすることで、味が凝縮されて、思わぬ美味しさが生まれる。では一体、柚子の中に詰められた味噌と木の実がどんな美味をもたらすのか、澪には予想もつかなかった。

種市の載った床几《しょうぎ》がぐらぐらと揺れている。

りうと澪とで床几をしっかりと押さえているのだが、何とも危《あや》うい。

「旦那さん、やっぱり替わります」

幾度も繰り返した台詞《せりふ》を澪が口にすれば、

「お澪坊、気が散るから黙っててくんな」

と、店主は裏返った声で応える。

指先を必死に伸ばし、軒の釘《くぎ》に何とか紐を引っかけた。

「ふぅ、これで五つ、ちゃんと下げられたぜ」

紐の先には、何やら重そうな塊《かたまり》が揺れている。晒しの布巾《ふきん》に包まれていて見えないのだが、中身は、昨日、又次が扱った柚子だった。又次は勝手口の方に吊るしていたのだが、今朝になって種市が表に移す、と言いだしたのだ。

「確かにこっちの方が風通しは良いですがねぇ、通りに面してますから、ちょぃと目立ち過ぎじゃありませんか？」

りうが口を窄めて言うと、

「目立つくらいで丁度良いんだよぅ。お客だって気になるだろう？　食えるようになるまで、皆で見守ろうってぇ魂胆《こんたん》よ」

と、胸を反《そ》らしてみせた。

その時だった。

「澪さん」

俎橋の方から、澪を呼ぶ声が聞こえた。

声に驚いて皆が振り返ると、ひとりの女が小走りで駆けてくるのが見えた。よほど慌てているのだろう、鴛鴦《おしどり》をあしらった曙染め紺縮緬《こんちりめん》の小袖《こそで》は裾《すそ》が乱れ、摘《つ》まみ細工の前挿《まえざ》しが今にも髪から落ちそうになっている。その人物を認めて、澪は、まあ、と両の瞳を見張った。伊勢屋の跡取り娘で、つい先日、おりょうの口から様子を聞いたばかりの美緒だったのだ。

「こいつぁいけねぇ」

床几から落ちそうになるのを何とか堪《こら》えて、店主は心配そうに言った。

「あの様子はただ事じゃねぇぞ、亭主と喧嘩《けんか》でもしたんじゃねぇのか」

おやまあ、とりうは首を振っている。

澪は気が気でなく、美緒のもとへと駆け寄った。

「美緒さん、一体どうしたの？」

「澪さん、私……私……」

言ったきり、澪の肩に手を置いて美緒は苦しげに荒い息を吐き続ける。

「お澪坊、とにかく話を聞いてやっちゃあどうだい。仕込みの途中だが、小半刻《こはんとき》（約三十分）くらいなら都合はつくだろう」

見かねて店主はそう提案した。

ぴぃちく　ぴぃちく

ぴゅるる　ぴゅるる

真澄《ますみ》の空に高く低く、雲雀《ひばり》が綺麗な声で囀《さえず》りながら飛翔《ひしょう》する。

「初鳴きだわ、美緒さん」

飯田川沿いの土手に佇《たたず》んで、美緒の落ち着くのを待っていたら、思いがけず雲雀の初鳴きに出くわして、澪は両の腕を開いて天を仰《あお》いだ。

時に空中の一点に留《とど》まり、時に身を翻《ひるがえ》して、雲雀は歌うことが楽しくて仕方ない、と囀り続ける。冬の日、俎橋の欄干《らんかん》に居たあの雲雀だろうか。陽だまりの中で、澪は雲雀の姿を目で追い続けた。

「澪さん、縁談が壊れた、って本当なの？」

いきなり、美緒がそう切り出した。

驚いて振り返った澪に、美緒は取り縋《すが》る。

「今朝のことよ、うちの奉公人が台所で噂してるのを、聞いてしまったの」

幾度か伊勢屋を訪れた澪のことを、覚えている奉公人は多い。何処《どこ》で仕込んできたのかはわからないが、その縁談が壊れた、という噂話を面白おかしく話していたのだという。

「私、居ても立ってもいられなくて……。澪さん、それは本当のことなの？」

話してくれるまで帰らない、と美緒は友の手をぎゅっと握り締めた。

そこに下世話《げせわ》な好奇心など微塵《みじん》もない。ひたすらにこちらの身を案じてくれているのだ、というのがわかって、澪は躊躇《ためら》いつつも唇を解いた。

「二年の武家奉公のあと、お武家さまに嫁《とつ》ぐことが決まっていたのだけれど、断られてしまったの」

「もしや、それは澪さんがずっと想っていたかた？」

ええ、と澪が頷いてみせると、美緒は自分の方が泣き出しそうになっていた。

あとは美緒に問われるまま、ぽつりぽつりと、小松原が描いてくれた筋書き通りに答える。自身が語る「身勝手な男」という作り話に、胸が痛んでならなかった。

「そんな……。酷《ひど》い」

聞き終えた美緒の双眸《そうぼう》が、激しい怒りに燃えている。

わなわなと身を震わせて、娘は声を絞った。

「いくら御身分が高いからといって、その仕打ちはあんまりだわ。澪さんの一途《いちず》な想いをそんな形で踏みにじるだなんて」

「違う、違うの」

友の怒りの激しさに、澪は耐えきれなくなって叫んだ。

種市にも早帆《さほ》にも誤解させたまま済ませてしまったが、この友にだけは自分の狡《ずる》さを隠したくなかった。想いびとのことを悪《あ》しざまに罵《のの》らせたくはなかった。

澪は美緒の両の腕を強く摑《つか》んだ。

「美緒さん、お願いだから、聞いて」

ぴぃちく　ぴぃちく

ぴゅるる　ぴゅるる

雲雀《ひばり》の囀《さえず》りは、あれからずっと続いている。

同じ名を持つふたりの娘は、しかし、先刻より押し黙ったままだ。話したことで胸のつかえが取れて、澪は土手にしゃがんだまま、手で草を撫でていた。指先に、蕗《ふき》の薹《とう》が触れる。今日の暖かさで、蕗の薹は幾重《いくえ》にも纏《まと》った衣を開き始めていた。

「そう……そうだったの」

　長い沈黙のあと、美緒は掠《かす》れる声で呟いた。

「澪さんが羨《うらや》ましい」

「え？」

　驚く友の視線を避け、美緒は足もとの草をむしりだした。

「年頃になれば誰かと添い、子を生む――大抵の女は、その縛りの中でしか生きられない。澪さんのように一生をかけてひとつことを成し遂《と》げるだなんて、思いもよらないもの」

　そうね、と澪は低く応えた。

　小松原の想い、ふたりで歩くだろう人生、それら全てを打ち砕いて選んだ道なのだ。

「澪さんは強いわ。本当に強いひとだわ」

「強くなんてないわ。違うのよ、美緒さん」

　料理に没頭することで、考えないようにしている。胸の奥底に埋めて、このまま忘れてしまえたら、と。それでも、折々に、全く不意に想い出が溢れて辛さは増す。

「でも、こうして美緒さんに聞いてもらえて、少し救われたわ。ありがとう」

　失った恋について誰かに話したのは、これが初めてだった。澪は友の存在を心からありがたい、と思った。

自身も源斉のことで経験があるからだろう、美緒は友に共感の眼差しを向ける。そうして優しい声で問うた。

「澪さん、恋忘れ貝《こいわすれがい》って知ってる？　古い歌にあるのだけれど」

いいえ、と澪が首を横に振るのを見て、美緒は足もとの草をむしりながら言葉を繋《つな》いだ。

「昔のひとは辛い恋を忘れるために、その貝を肌身離さず持っていたんだそうよ。源斉先生のことを諦める、って決めた時、私、心の底からその貝がほしいと思った」

私が持っていれば澪さんにあげられるのに、と美緒は残念そうに唇を噛む。

澪は黙ったまま、目立たぬようにそっと胸もとに掌をあてた。そこには野江と分かち合った片貝がおさまっている。いつか、失った恋のことを忘れられる日はきっと来る、そう信じよう。

刻の鐘が鳴ったのを潮《しお》に、澪は立ち上がった。

「そろそろ戻らないと」

のどかな春の陽射《ひざ》しの中、美緒を送って俎橋まで戻る。思案顔だった美緒が、独り言のように低い声で呟いた。

「でも、互いに互いを想っているのだから、きっと道はあるはずよ。私の時とは違うもの」

美緒の言葉に、澪はただ、ほろ苦く微笑む。友の優しい気持ちはわかるが、どうにもならないのだ。

美緒は、そんな澪のことを暫く歯がゆそうに眺めていたが、ふいに問いかけた。

「澪さんの想いびとには、例えば、甥御《おいご》さんはいらっしゃらないの？」

何故《なぜ》そんなことを、と思いつつ、早帆の顔を思い浮かべて、五人おいでになるはずよ、と澪は答えた。

「まあ、五人も」

嬉しそうに、美緒は両の手を胸の前で組む。

「それなら、今すぐには無理でも、甥御さんのひとりを養子に迎えて家督を譲り、晴れて自由の身になったら、澪さんのもとへ来られるじゃないの。澪さんは料理の道を捨てずに済むわ」

友の突然の言葉に驚いて、澪は息を呑《の》んだきり棒立ちになる。

美緒は腕を差し伸べて、澪の手を取った。

「武家の仕組みなら、澪さんより私の方が詳しくてよ。澪さんの想いびとは、きっとそのおつもりに違いないわ。想いあったふたりなのだから、長い時をかけてきっと結ばれる。そうよ、そうに決まっているわ」

ふたりの頭上で、雲雀《ひばり》は愛らしい声で囀《さえず》り続けている。


「お澪坊、おい、お澪坊」

耳もとで名を呼ばれて、澪ははっと我に返った。

気付けば、種市がふやけた昆布《こんぶ》を手に澪の顔を覗き込んでいる。

「何だよぅ、俺《おら》ぁ、さっきからずっと呼んでるんだぜ」

済みません、と澪は小さく詫びて、手にした砥石《といし》に目を落とす。店終いのあとで包丁の手入れをし、砥石を片付けるところで、つい、ぼんやりしてしまったのだ。

「旦那さん、何かご用でしたか？」

澪に問われて、種市は、いや、と首を振ってみせた。

「ただよぅ、出汁《だし》を引いたあとの昆布ってなぁ、味気ねぇな、と言ってたんだよ」

見れば、火鉢の網の上で昆布が炙られている。

澪が用意しておいた肴を、どうやら摘まみ食いしてしまい、ほかに寝酒のあてがないのだろう。

「今、何か作りますから」

　あまりに貧相な肴を見て、解きかけていた前掛けを結び直す。良いから良いから、と種市は澪を押し留めた。

「そうさな、確か牡蠣《かき》がふたつほど残ってるし、殻焼きにでもするぜ。勝手にやるから、構わねぇでお澪坊は帰りな」

　店主は板敷を這い下り、調理場の隅に置いた桶に手を入れた。

　澪は気を利かせて、網に載せられた昆布を皿に取り、牡蠣を焼く場所を作った。ほかほかと湯気を立てる出汁昆布に目をやって、そう言えばこんな風に昆布を炙ったことは無かった、と思う。

　出汁を引いたあとの昆布は、細く刻んで切り干し大根と煮たり、甘辛い佃煮《つくだに》にしたりして、賄《まかな》いで食べる。一度、素揚げしてそれだけを食べてみたことがあったが、旨味が抜けていて哀《かな》しい思いをした。出汁がらの昆布を食べると、もとの昆布が持つ滋養や味わいが、どれほど素晴らしいか、よくわかるのだ。

「澪、ほな、そろそろお暇《いとま》しまひょか」

　繕《つくろ》いものを終えた芳が、調理場に戻って声をかける。店主の肴に心を残しながら、澪は帰り仕度を整えた。

西の低い位置に、細い筋の月が心細そうに浮かんでいる。

夜目にも冴《さ》え冴《ざ》えと白い武家屋敷の壁に沿って歩いていると、梅の芳《かぐわ》しい香りが漂ってきた。だが、春の香《か》に気を取られることもなく、芳は熱心に娘の話に耳を傾ける。

聞き終えて、小さな溜息をひとつ、ついた。

「ほうか、今日も思うような料理は見つけられんかったんだすか」

へえ、とくに訛《なま》りに戻って、澪は頷く。

あまり手を加えず、牡蠣本来の美味しさを味わえること。

殻焼きのようにありふれてはいないこと。

このふたつを満たそう、と知恵を絞るのだが、思うようなものに到達できないのだ。

風変わりな料理言うたら、と芳は呟く。

「昔、嘉兵衛が松江からの客人に頼まれて、濡《ぬ》らした紙に鱸《すずき》を包んで灰の中で蒸し焼きにしたことがおました」

「濡らした紙に?」

思わず問い返す娘に、芳は頷いてみせる。

「素朴な味わいで、随分と喜んで頂けた、と聞いてます」

牡蠣を紙で包んで蒸したらどうなるだろうか。

澪は、立ち止まって考え込んだ。ふたりの後ろから、辻駕籠が追い付き、追い越して行った。澪、と促されて歩きだす。

昌平橋《しょうへい》まで来た時に、芳は思い出したように問うた。

「そうそう、今日、伊勢屋の嬢《いと》さんが来はったんやてなあ。何ぞ相談事でもおましたんか」

澪は、いいえ、と答え、あとに続く台詞《せりふ》を考えあぐねて口を噤《つぐ》んだ。

芳はただ、ほうか、と応じただけだった。


夢を見ていた、四年前の夢を。

澪の作った土手鍋を、面白い、と評する男。

その男の目尻《めじり》に寄る皺を見つめて、澪は、これは夢なのだ、と自身に言い聞かせる。

「どうしようもなく旨いじゃねぇか」

想いびとの声がはっきりと耳もとで聞こえ、澪は飛び起きた。

裏店の部屋の、闇《やみ》の中だった。

目覚めて初めて、瞼《まぶた》が濡れていることに気付いた。手の甲で乱暴に涙を払う。

何故、そんな夢を見たのか、原因はわかっている。

別れ際《きわ》に美緒から言われた言葉が、熱を持って耳に残る。

——晴れて自由の身になったら、澪さんのもとへ来られるじゃないの。澪さんは料理の道を捨てずに済むわ

そんなわけない。ふたりの歩むべき道はきっぱりと分かれてしまったのだ。そんなわけがあるはずもない。

でも、万が一……。

万が一にも、全ての願いを叶えた先に、小松原と一緒になれる日が待っているとしたら……。

灰の下に埋めたはずの熾火《おきび》が、ぱっと燃え上がるのに似て、消したつもりの想いの焔《ほのお》が胸の底を赤く照らす。

いけない、それはいけない。澪は強く頭《かぶり》を振った。

——ならば、その道を行くのだ

そう言った男が、抜け道や脇道を用意しているはずもない。

澪は襟《えり》をぎゅっと掻き合わせて、激しく揺れる想いを封じた。

「まったく、何時《いつ》までかかっておるのだ」

昼下がりの入れ込み座敷に、あの男の苛立《いらだ》った声が響いている。

「番付から外れて口惜《くちお》しくはないのか。登龍楼を蹴散らして大関位を射止《いと》めてやろう、という気概はないのか、この店の料理人は」

まあまあ、と押し留める版元の声も聞こえてきて、澪は竈《かまど》の前で両の眉を下げた。

何か新しい料理を、との試みを戯作者に知られてしまったのだろう。まだ道半《なか》ばなのに、と思う間もなく、ずんずん、と腹立ち紛《まぎ》れのように畳を踏む音が近づいて来る。

「旦那、困りますよぅ」

「清右衛門先生、そちらは駄目です」

店主と版元の声が重なった。

何事か、と構えていると、土間伝いに清右衛門が乱入してきた。坂村堂と種市がこれに続く。三人とも履物《はきもの》を履いていない。

清右衛門は、澪が手にしているものに目を止めた。

「それは何だ。よく見せろ」

躊躇《ためら》いながら、澪は盆にそれを載せて板敷に置いた。

清右衛門は板敷に座り、盆ごと手に取ると、しげしげと眺める。

「焦《こ》げた紙に見えるが、違うのか」

「違いません、焦げた紙です」
ふん、と鼻を大きく鳴らし、清右衛門は紙を剝《は》がし始めた。
中に牡蠣の剝き身が五つ並んでいる。
ああ、と坂村堂が声を洩らした。
「もしかして、奉書焼《ほうしょやき》、という料理を真似《まね》られたのではありませんか?」
問われて澪は、名は知らないが松江の料理と聞いている、と答えた。
そんな澪をじろりと睨《にら》んで、清右衛門は牡蠣をひとつ摘まむと口に放り込む。が、
次の瞬間、顔を顰《しか》め、土間へ口の中の物を吐き出してしまった。
「せっかくの深川牡蠣を」
怒りのあまり、声が震えている。
江戸のひとにこの台詞を言われるのは何度めかしら、と澪は身を縮めた。どれ、と
坂村堂が牡蠣をひとつ摘まんだ。種市もひとつ、手を伸ばして澪自身もひとつ。
牡蠣に、紙の嫌《いや》な臭《にお》いがついてしまっている。
ああ、これは駄目だ、と澪の両肩ががっくりと落ちた。
「奉書焼は確か藩主の召し上がる料理で、用いる紙も極上のもの。良い紙ならばこそ、
その芳香《ほうこう》も味のうちですが……」

気の毒そうに、坂村堂は軽く頭を振った。

お澪坊、と種市が苦しげに呼んだ。

「つる家は知っての通り、御大尽《おだいじん》を相手にしている店じゃやねぇよ。殿さまの真似ってなぁ感心しねぇな。それに何より、ただ紙を燃やしちまうだけ、ってのは罰《ばち》が当たりそうだ」

澪は声もなく頷くと、萎《しお》れたまま盆を流しに引いた。

三人が座敷に引き上げてから、澪は残りの牡蠣も食べてみた。冷めると不味《まず》さが一層応える。両の眉を下げるだけ下げて、嚙み続ける。不味さは変わらない。ただ、殻焼きとは異なる嚙み心地は目新しい、と思うのだ。

紙でなければどうだろう。

紙の替わりになって、出来れば使い捨てにせずに済むもの。

何かないだろうか、何か。

思い浮かびそうで、浮かばない。澪は、諦めて夕餉の仕込みに取りかかろうと鍋を手にした。たっぷりと水を張った鍋の底に、予《あらかじ》め昆布が入れてある。昆布に目を止めて、店主がこれを火鉢で炙っていたのを思い出した。澪は鍋から出汁昆布を取り出す。柔らかな昆布は、自在にその身を撓《しな》らせた。

思いがけず強い雨が、屋根を叩いている。

ありがたいこと、久々のお湿りや、と夢現《ゆめうつつ》に雨の音を聞いていた芳は、土間の方から何やら芳《こう》ばしい香りが流れてくるのに気付いた。

「澪、澪か」

名を呼びながら、身を起こす。

果たして、土間に置いた七輪の前に蹲《うずくま》っていた娘が、慌てて腰を浮かした。

「ご寮さん、済みません」

「構へん。けど、何してるんや、こない遅うに」

板張りに両膝をついて、七輪を覗き見ると、網に昆布が載せられている。芳の問いかけの眼差しを受けて、澪は昆布の一片を差し出した。

「旨味が抜け出る前に引き上げた昆布を、炙ってみたんです」

頷いて、芳は温かい昆布を口にする。

揚げた昆布と違って、むっちりとした歯応え。嚙むのに力が要《い》るけれども、この粘りと味わいは昆布ならでは。飲み下したあとも口の中に残る旨味が何とも好ましい。

美味《おい》しおますなあ、と芳は目を細めた。

「初めは昆布を使って牡蠣を蒸し焼きに、と考えたんです。昆布で牡蠣をふんわり巻いて、網の上で蒸し焼きに、と」

でも、と澪は眉間に皺を寄せた。

焼けた昆布は解きにくく、牡蠣を取り出すのに苦労する。たとえ美味しくとも、食べ辛い料理は感心しない。

「あとひと息……ひと息が難しいです」

澪は網に置いた昆布にじっと目をやる。

もしも、この昆布の上で剝き牡蠣を焼けば、きっと美味しい。だが、昆布そのものにさほど愛着のない江戸っ子が、殻焼きを止《や》めてまで注文してくれるとも思えない。

何か、もうひとつ決め手がほしい。

「明後日《あさって》は初午《はつうま》やったなあ」

芳が思案顔で、視線を巡らした。

「つる家が元飯田町《もといいだまち》へ移ったんも、二年前の初午。初午は縁起がええから、いう理由だした。昆布は『喜ぶ』に通じるさかい、縁起もんだす。そこらが何ぞ、売りにならんやろか」

縁起物、と澪は小さく繰り返す。

何かが、心の釘に引っかかった。何だろう。

澪は懸命に考える。

刹那《せつな》、俎橋を渡る健坊の姿が浮かんだ。

あの時、健坊の握り締めていた折り紙を、それを持たせたふきを想う。

ああ、と澪は両の指を固く組み合わせる。

そうだ、そうなのだ。

人生の風向きが良くなるように——そんな願いを込めた料理に仕上げよう。

組んだ指に唇を寄せて一心に考え続ける娘のことを、芳は慈《いつく》しむ眼差しで見守った。


「ほな、お品に追加がおましたら、またお声かけておくれやす」

大坂屋《おおさかや》の顔馴染みの手代《てだい》が、風呂敷を畳みながら丁重《ていちょう》に暇《いとま》を告げ、帰っていった。

「お澪坊、本当にこれで良いのかよぅ」

板敷に並べられたものを見て、店主は当惑を隠せない。

常は肉厚の真昆布を大坂屋から仕入れているのに、ここにあるのは薄くて幅の狭い日高《ひだか》昆布と呼ばれるものだった。

「出汁を引くには物足りないんじゃねぇのか」

端を縛り、指を入れて底を広げた。

「出汁用ではないんです」

昆布を検《あらた》めて、澪は口もとを綻《ほころ》ばせる。

鍋に水を張って昆布を浸《ひた》し、柔らかくなったらすぐに引き上げる。戻した干瓢《かんぴょう》で両端を縛り、指を入れて底を広げた。

ほう、と店主が感嘆の声を洩らした。

「船形にしようってぇのか」

返事の替わりに微笑んで、澪は作業を続ける。

船の底にあたる部分に、牡蠣の剝き身を並べて、そのまま七輪の網に載せた。火に炙られて昆布が芳ばしい匂《にお》いを漂わせる。頃合いを見て、酒をほんの少し振りかけた。じゅわっと湯気が立ち、昆布に守られて牡蠣が酒蒸しになる。

種市の喉がごくりと鳴った。

澪の差し出した小皿には、櫛《くし》に切った柚子が載せられている。おりょうの柚子だ。

「そのままでも美味しいのですが、口が変わりますから」

店主は迷うことなく、ふっくらと膨《ふく》らんだ牡蠣を摘まんだ。まずはそのまま。熱かったのだろう、はふっと息をひとつ吐く。ついで、はふはふと嚙み始めた。

「昆布の旨味が牡蠣に移って、こいつぁ何とも」

続けて、柚子をぎゅっと船の中へ絞り込む。独特の爽やかな香りにうっとりとしながら、熱い牡蠣を口へと運ぶ。

むう、と妙な声を洩らして、店主は両の目を閉じた。ゆっくり、ゆっくり、口の中のものを大切に味わって、最後にごくりと飲み下すと、澪を見て身を捩《よじ》った。

「お澪坊、こいつぁいけねぇ、いけねぇよう」

「おや、出ましたねぇ。旦那さんの『いけねぇ』が」

りうが嬉しそうに手を叩き、芳は澪に向かって大きく頷いてみせた。ふきは土間で足踏みをしている。それに気付いて、大人たちはこっそりと目線を交わして微笑んだ。年が明けてふきも十五歳、跳ねるのを控えようかどうしようか、と悩んだ末の足踏み、と察したがゆえだった。

「お澪坊、この料理の名前はどうするんだ?」

店主に問われて、澪は答えた。

「宝船……牡蠣の宝船、と名付けようと思います」

その名を聞き、ふきは足踏みを止めて澪を見た。脳裏に、あの日の弟の後ろ姿が浮かんだのだろう。宝船、と小さく呟く少女に、澪は穏やかに頷いてみせる。

健坊の手の中にあった宝船。それを折って持たせたふきの想いと同様に、この料理を口にするひとたちへの祈りを込めたのだ。

牡蠣の宝船、と繰り返して、種市は大きく頷いた。

「そいつぁ良い名だ。何より縁起が良い。験《げん》を担ぐ江戸っ子には何よりだ。良し、売り出しは明日の初午からにするぜ」


如月最初の午の日を初午というが、この初午に、江戸中に散らばる稲荷社で、初午祭りなるものが行われる。屋敷の中に稲荷社を持つ武家は、初午に限り門を開け放ち、子供らを招き入れて菓子などを振る舞う。終日、街中に太鼓の音が賑《にぎ》やかに鳴り響き、子供ばかりか、大人も愉《たの》しさに心浮き立つ日なのである。

この日、つる家の暖簾を潜ったお客の多くが、主《あるじ》に勧められるまま、牡蠣の宝船なる料理を注文した。

「なるほど、確かに船形だ」

七輪の上の昆布の船に感心し、どれどれ、と中を覗く。酒と磯《いそ》の香が、ふわっと薫《かお》って、誰もが思わず息を鼻から深く吸い込んだ。やがて、それぞれの箸が中の牡蠣へと伸びる。

澪は裁きを待つ気持ちで、間仕切りから密《ひそ》かに座敷を覗いた。

お客の誰もが口も利かずに、はふはふと夢中で食べている。澪に気付いた芳が満面に笑みを浮かべた。

「何度見ても面白いですねぇ」

膳を下げてきたりうが、歯の無い口を窄めてくすくすと笑っている。

「何がですか？　りうさん」

小松菜を芥子《からし》で和《あ》える手を止めて、澪はりうに尋ねた。

いえね、とりうは笑いながら空《から》の膳を示す。

「江戸じゃあ、そうそう昆布は食べないんですよ。油で揚げたのを口寂《くちさび》しい時に食べるか、お菜にするのだって、せいぜい細かく刻んで油揚げと煮るくらい。それが欠片《かけら》も残さないで全部食べちまってるんですからねえ」

牡蠣を食べたあとの、味の染み込んだ昆布を裂いて食べる者あり、さらに長く七輪に置いて、ばりばりになったものを手で砕いて食べる者あり。

いずれにしろ、昆布のおかげで奥行きのある味に仕上がった宝船は、殻焼きしか知らなかったお客たちを充分に満足させたのだ。

「牡蠣の宝船は、三方よしでも大人気になりますよ。美味しい上に縁起も良く、何より江戸っ子好みの趣向がありますからね」

りうに太鼓判を押されて、澪はほっと胸を撫で下ろした。

初午からつる家の献立のひとつになった宝船は、名付けの妙もあって、瞬《また》く間に人気のひと品となった。

「殻焼きは家でも出来るが、こいつぁ、つる家でないと食えねぇ」

「しかも、宝船てぇ名前がまた泣かせやがるぜ。これを食やぁ、懐が暖かくなりそうな気がする」

昆布にさほど愛着のないはずの江戸っ子が、邪気もなく昆布の船を砕いて口にするさまは、何とも愛嬌《あいきょう》に満ちている。

そのうちに、

「病気見舞いにしたいから」

「うちの年寄りにも食わしてやりてぇから」

と、船の形の昆布をそっと持ち帰る者も現れた。口伝《くちづて》から口伝、つる家の宝船の評判はじわじわと広まり、やがて読売《よみうり》がこれを取り上げた。そうなると遠方からの新しいお客も増え、暖簾を出してから終うまで、息つく暇もないほど多忙になった。料理番付から外れて暫く、閑古鳥《かんこどり》が鳴いていたことが嘘のようだった。

「俺ぁもう、くたばっちまうよぅ」

店主は嬉しい悲鳴を上げ、

「ふた月前が恋しいですよ、あたしゃ」

りうは歯の無い口を全開にして笑った。

器を洗う手を止めて、芳は、良かったなあ、と囁《ささや》き、澪は、はい、と頷いた。

だが、ふたりには予見できた。

はてなの飯で初めて経験し、とろとろ茶碗蒸し、酒粕汁《さけかすじる》、そしてそれ以後も同じことが繰り返されたのだから。

「今回は大分《だいぶ》と遅いようやけど、おそらく、もうじきだすなあ」

淡々と言う芳に、澪もさらりと応える。

「きっと、もうじきです、ご寮さん」

その報をもたらしたのは、日本橋伊勢町の乾物商《かんぶつ》、大坂屋であった。

「大坂屋さん、こいつぁ……」

板敷に広げられた荷を見て、店主は戸惑いを隠せない。肉厚で幅広の、ひと目で上物とわかる真昆布なのだ。

「宝船のためにうちで頼んでるのは、日高昆布だぜ。何処《どこ》か余所《よそ》の店と間違えたんじゃねぇのかい？」

不機嫌な様子の種市に、顔馴染みの手代は、いえ、と柔らかく首を振ってみせる。

「手前どもの主から、つる家さんにお持ちするように、と。ささやかな感謝の気持ちでおますよってに」

大坂屋からの心付け、と知って店主はますます混乱する。心付けに至った経緯を、手代はこう説明した。

江戸ではあまり昆布が好まれず、大坂屋から昆布を仕入れるのは、ごく限られた顧《こ》客《きゃく》のみ。ところが、つる家の宝船が当たった途端、あちこちから昆布の注文が舞い込んだ、というのだ。

「つまり、そいつぁ……」

店主は眉根を寄せて、呻《うめ》いた。

「あちこちの店で、宝船が真似されだした、ってぇことか」

はい、と申し訳なさそうに手代は頷き、それどころか、と脇に置いた紙包みに手を伸ばした。

「お耳に入れたもんかどうか、えらい迷うたんだすが、こないなもんを商う者まで現れたんだすで」

差し出された紙包みを受け取って、がさがさと開く。

「こ、こいつぁ……」

あまりのことに種市は絶句し、両脇から覗き込んだ芳と澪もまた、まあ、と短く洩らしたきり、声を失った。

種市の手の中にあるのは、昆布を船形に細工したものだった。干瓢を用いているところまで同じだ。

「それを商いにしたんは、霊岸島《れいがんじま》の小さい乾物屋だす。こないなご時世、青息吐息の小商《こあきな》いに、悪い知恵つける者がおますのや」

あんまりだ、と種市は低く唸る。

「こんなもんを売られた日にゃ、どこでも宝船が食えちまう。お澪坊が、どれほどの思いで料理を考えたと思ってやがる」

馬鹿にしやがって、と店主は細工昆布を力任せ《ちからまか》に土間に叩きつけた。

居心地《いごこち》悪そうに手代が暇《いとま》を告げようとした時、澪がさっと立ち上がって、土間の昆布を拾い上げた。芳も澪のもとへ歩み寄り、ふたりして細工昆布をしげしげと眺めた。

ふふふっ、と澪の口から笑い声が洩れた。くくく、と芳の肩が揺れている。ふたりは顔を見合わせて、朗《ほが》らかに笑いだした。

「お澪坊、ご寮さん、どうかしちまったのか」

店主と手代がおろおろと狼狽《うろた》える。

「ふたりとも、腹が立ち過ぎて、変になっちまったのかよぅ」

悲鳴に似た種市の声を聞き、心配をかけた、と知ってふたりは板敷に座り直した。

「済みませんでした。真似されるだろう、とは思っていたのですが、まさかこんなものまで出回るだなんて考えてなかったので」

澪が店主にそういうと、横から芳も言葉を添える。

「呆《あき》れたのを通り越したら、何やもう、可笑《おか》しいて可笑しいて」

笑いを堪えて苦しそうなふたりのことを、種市と手代はぽかんと眺めている。

「お腹立ちやおまへんのか」

手代に問われて、澪は再度、手の中の細工昆布に視線を戻し、じっと考え込んだ。

宝船に適した昆布ではない、質の悪い昆布で作った紛《まが》いの船だ。これで牡蠣《かき》を焼いても、つる家の味にはならない。しかし、それで満足、と思うひとは居るだろう。それも仕方のないこと。

手をかけて作り上げた料理を捻じ曲げられた、という悔しさはある。否、腸が煮えそうなほど腹立たしい。でも、と澪は言葉を探しながら口を開いた。

「真似するよりも、真似される立場の方がずっと良いです。料理人としての器量を落とさずに済みますから」

その通りだす、と芳も控えめに頷く。

「紛い物は、どう取り繕《つくろ》うたところで、所詮《しょせん》、紛い物だす。決して本物にはなられしまへん。第一、紛い物の宝船でご利益《りやく》がある、と思わはるひとが、そない仰山居《ぎょうさん》てますやろか」

なるほど、と種市が膝を叩いた。


日が経つにつれて、牡蠣の宝船を供する店はさらに増え、澪たちの耳にもその噂が入るようになった。

「とうとう中坂にも、そんな店が現れたそうですよ」

世も末ですねえ、とりうが唇を尖《とが》らせる。

「でもまあ、偽物《にせもの》の宝船で験担《げんかつ》ぎもないでしょうよ。あたしゃ、今回ばかりは二本挿しが好きになりましたねぇ」

りうの言葉に、店主も、うんうんと頷いた。

この十日ほど、新しいお客が訪れては、紛い物の店へと流れ去った。そんな中で律儀に、つる家の宝船しか口にしない、と通い続けたのが侍たちだった。つる家の二階座敷は、今日も武家のお客が途切れることがない。

「牡蠣の旨いのも、今月一杯だからよぅ。今のうちに存分に食ってもらおうぜ」

主の晴れやかな声に、一同は、はい、と気持ちを込めて応えた。

如月も今日を入れて三日を残すのみとなった。

しろざけ、しろざけ、という白酒売りの声が眠そうに聞こえる、麗《うら》らかな春の朝である。

笊《ざる》を取り入れる手を止めて、澪は表通りに目をやった。ふた組の中年の男女が、十五、六歳の娘を守るようにゆっくりと歩いてくる。いずれも倹《つま》しいなりに見苦しくない綿入れを纏い、手に手に祝い樽《だる》を抱え重箱を下げている。

お嫁入りだわ、と澪は気付く。

懐に銭はなくとも、愛情を一杯に嫁ぐ娘を送っていくのだろう。まだ少女の面影の残る娘を、澪は微笑ましく見送った。

「そうか、今日は天赦日《てんしゃにち》だわ」

美緒も昨年、皐月《さつき》の天赦日に祝言《しゅうげん》をあげたことを思い出す。

――想いあったふたりなのだから、長い時をかけてきっと結ばれる

あの日の美緒の声が生々しく耳に蘇る。

否、そんなことを考えてはいけない、と澪は拳に握った手を胸に置いた。片貝のこつんとした感触があった。

天赦日、ということもあってか、つる家では縁起物の宝船を注文する客が続く。日も暮れ、じきに六つ半という頃、中年の武士が三人、店の暖簾を潜った。

「やれやれ、最後のお客だぜ」

疲れてよろよろの店主が膳を持って行こうとするのを、澪は押し留めた。私が、と断って種市から膳を取り上げる。

階段を、とんとんと上って、東端の山椒《さんしょう》の間に運んだ。

七輪に網を載せ、牡蠣の宝船を並べる。仕度が済むまでむっつりと無言だった男たちは、澪が挨拶を済ませ廊下に出るや否や、

「天赦日に輿入《こしい》れとはなあ」

と、声高《こわだか》に話し始めた。

音を立てぬように襖《ふすま》を閉じ、立ち去ろうとした、その時。

「小野寺《おのでら》殿は巧《うま》く立ち回ったものだ。料理にしか興味のない顔をしながら」

えっ、と澪は耳を疑った。

小野寺とは、小松原さまのことだろうか。

まさか、と打ち消してはみるものの、その場を離れることが出来ない。

「遠い遠い続柄とは申せ、――守《のかみ》さまの縁者の姫君を娶《めと》るとはな。羨ましい限りよ」

周囲を憚《はばか》り声を低めたのだろう、名は聞きとれない。

いけない、と知りつつも澪は小刻みに震えながら耳を欹《そばだ》てた。

「ふふん、十七にして出戻りよ。別に羨ましくもない」

「何の何の、前の縁組では引取《ひきとり》はなかったそうな」

ほう、と感嘆が洩れる。

「では何か、御手付き無しなのか」

「さよう、さよう。今度《こたび》の輿入れが、実際は初めてになろう。しきたりを守って、夜の輿入れだそうな」

会話の意味全てがわかったわけではないが、早帆から聞いていた話とぴたりと合う。

身体の震えが止まらない。

信じられない。

信じたくない。

澪は弾《はじ》かれたように立ち上がり、縺《もつ》れる足で階段を下りる。そしてそのまま外へと飛び出した。

月はなく、満天の星明かりで辛《かろ》うじて道はわかる。九段坂を駆け通し、真っ直ぐに西へ。見覚えのある辻を北へ。途中、二度転んだが痛みは感じない。息が続かずに立ち止まったその時、薄闇の奥に幾つもの提灯《ちょうちん》が浮かぶのを見た。

目を凝《こ》らすと、長い行列が蛙原を越えて、ずっと先まで続いている。辻ごとに、裃《かみしも》姿の武士が提灯を手に佇《たたず》み、列を守るが如く周囲に気を払っていた。列の中ほど、大勢の手で担がれ、黒々と映るのは輿だろうか。確かめるべく、辻を移る。輿が過ぎれば警護は解かれるのか、咎《とが》められることはなかった。

まさか、そんな。

澪は息を詰め、輿入れ行列の向かう先を見つめた。開け放たれた腕木門《うでぎ》、その両脇には中間《ちゅうげん》の手で篝火《かがりび》が煌々《こうこう》と焚かれている。

見誤ろうはずもない、小野寺家の屋敷であった。

膝から崩れ落ちて、澪は暫し茫然《ぼうぜん》と行列を見送った。輿が門の中へ吸い込まれていくのを見届けても、その場を動くことが出来ない。どれほどの間そうしていたか、肌を刺す夜風に、漸く、澪は我に返った。ぐらぐらとしつつも辛うじて立ち上がる。

私は何と愚かなのだろう。

美緒さんの言葉を打ち消しながら、起こるはずもないことに心を寄せて、夢を見て。小松原さまと私の歩む道はとうに分かれてしまっているのに。それも私自身が決めたことなのに。

何と愚かしく、情けない。

涙が溢れて、頬から顎を伝い、ぽたぽたと落ちる。何とか止めようとするのだが、叶わなかった。

懐の巾着を取り出して、片貝を握り締める。

この恋を忘れさせてください。

どうか、忘れさせてください。

祈り続けて、澪は涙を拭った。そして、小野寺家の方に向かって首《こうべ》を垂れ、静かに手を合わせた。

これで本当に想いびとと決別したのだ。

もう二度と恋はしない。
澪は涙を払い、そう誓った。

花売りが鋏《はさみ》を鳴らしながら、九段坂を上っていく。莚《むしろ》に巻かれた桃や山桜、山吹《やまぶき》などが春の陽に映える。通り過ぎたあとも花の彩《いろどり》が目の奥に色を残した。味醂《みりん》の入った徳利を胸に抱いて、澪は勝手口から中へ入ろうとした。

調理場で、話し声がしている。

「昨夜のお澪坊の様子、ありゃただ事じゃなかった。小松原さまのことで何かあったんじゃねぇか、とは思うんだが、何を聞いても答えちゃくれねぇ」

貝を料理し過ぎてお澪坊まで貝になっちまったよう、と店主は嘆いた。

旦那さん、と応えるのは芳の声だ。

「誰もあの子の替わりに苦しんでやることは出来んのだす。あの子の方から話さん限りは、何も聞かんと、ただ静かに見守ったっておくれやす」

澪はそのまま、そっと後ずさりして店の表に回った。

つがいの燕《つばめ》が藁《わら》を口に咥《くわ》えて、つる家の軒先をついっと飛んでいる。そこに巣を作るつもりなのだろう。

又次の作った柚子が五つ、同じ軒でゆらゆらと揺れている。その下に佇んで、澪はじっと揺れる柚子を眺めた。あの柚子を口にする頃には、情けない自身を脱し、料理人としてさらに一歩踏み出していたい、そう願いながら。

「おや、澪さん」

りうが店の入り口からひょいと顔を出した。

「どうしたんです？　こんなとこで」

澪は徳利を持ち替えて、

「ちょっと入り辛くて」

と、答えた。

土間の奥を振り返って、りうは、ああ、と頷いた。

「ここの店主の気の良いのは認めますが、何でも知りたがるのは困りものですよ」

りうの言い草に、澪は声を出さずに笑った。

そんな娘の様子を、りうはにこにこと眺めた。

陽射しは温かく、こうして陽だまりにいるとぬくぬくする。花売りの残り香か、微《かす》かな甘い匂いが漂っていた。

「澪さん、いつぞやあたしゃ、こう言いましたっけ。恋はしておきなさい、と。あんたなら、どんな恋でも己《おのれ》の糧《かて》に出来る、と」

りうが優しい声で言った。

ええ、と澪は頷く。

恋を知らず、その怖さも切なさも哀しみも知らなかった。

あの時のりうとの会話は、一言一句《いちごんいっく》、忘れてはいない。

「恋を知って、澪さんの料理は変わりましたよ。自分で気付きませんか？」

問われて澪は戸惑い、小さく頭を振る。

りうは、腕を伸ばし、皺だらけの手で澪の両の手を握った。

「澪さんの料理には、祈りが籠《こも》っているんですよ。食べるひとの幸せを心から祈る、切ない祈りがね」

己の狡《ずる》さや情けなさばかりが心に突き刺さる拙《つたな》い恋だった。それでも恋は無駄ではなかった。

涸《か》れたはずの涙が、澪の双眸《そうぼう》から溢れた。

一陽来復《いちようらいふく》——鯛《たい》の福探し

その日、澪《みお》の身に起きた僅《わず》かな異変に気付いたのは、澪本人ではなく、ともに暮らす芳《よし》だった。

弥生朔日《やよいついたち》。毎朝の習いで、軋《きし》む引き戸を開け、澪は朝一番の光と風とを室内に通す。ふたり暮らしの倹《つま》しい部屋に暖かな春の陽《ひ》は溢《あふ》れ、真新しい一日が始まる。髪を整えながら外からの新風を味わっていた芳は、風の中に淡い香りが混じるのに気付いた。

ああ、この甘い匂《にお》いは馬酔木《あせび》の花や、と声には出さず、にこにこと澪を見やったが、娘は気持ち良さそうに両手を伸ばしたままである。常《つね》ならば、やれ梅が咲いたの桐《きり》の花が香ったのと嬉《うれ》しそうに騒ぐのに、と芳は微《かす》かに首を傾《かし》げた。

気のせいだろうか、と思い、水を汲《く》みに表へ出たついでに植え込みを覗《のぞ》く。確かに、釣鐘《つりがね》型の可憐《かれん》な花がふたつ、みっつ、綻《ほころ》んでいる。甘やかな芳香《ほうこう》を放《はな》つ房《ふさ》を前に、芳は妙な胸騒ぎを覚えた。

「ご寮《りょん》さん、お持ちします」

芳の懸念《けねん》に気付くこともなく、澪はしなやかに腕を差し伸べて、水桶《みずおけ》を受け取った。

「こう温《ぬく》いと、腰も随分と楽だぜ。ありがたいこった」

つる家《や》の勝手口に立って、店主の種市《たねいち》が気持ち良さそうに腰を伸ばしている。狭い路地にも柔らかな陽光が降り注ぎ、それだけでも幸せな心持ちになった。

暖簾《のれん》を出す刻限を気にしつつも、澪は調理台の前に立つと、包丁の柄《え》を握る右手に、そっと左の手を重ねた。徐《おもむろ》に瞳を閉じ、声には出さずに、一日の精進《しょうじん》を誓う。それは、小松原《こまつばら》との別れのあと、自然に身についた仕草だった。今朝もそうして心を整えてから、主《あるじ》の仕入れてきた独活《うど》を手に取った。

独活の魅力は、味わいはもとより、春を凝縮させたような爽《さわ》やかな香りにある。今日の独活は、外の皮にびっしりと生えた産毛《うぶげ》が手に痛い。良い品だわ、と澪は嬉しく思い、包丁の背で産毛をこそげて、厚めに皮を剝《む》く。

「あら」

低く呟《つぶや》いて、手にした独活を鼻に近づける。

すんすん、と匂いを嗅《か》いで、澪はわずかに眉根《まゆね》を寄せた。

「どうしたんだい、お澪坊」

料理人の所作《しょさ》を不思議に思ったのだろう、種市が怪訝《けげん》そうに尋ねた。

「独活に何かあったのかよぅ」

いえ、と澪は小さく頭《かぶり》を振って、

「独活の香りが薄いので、少し戸惑《とまど》ってしまって」

と、答えた。

妙だな、と種市は首を捻《ひね》って、歩み寄った。

「さっきからずっと、独活の良い匂いがしてるんだがな」

どれ、と澪の手から独活を引き抜くと、くんくんと鼻を鳴らす。鼻に独活の産毛が入ったのだろう、大きなくさめをひとつして、種市は慌てて手拭《てぬぐ》いで鼻を押さえた。

「むしろ匂いがきついくらいの独活じゃねぇかよぅ」

種市に言われて、澪は再度、独活に鼻を寄せた。やはり香りはない。

「お澪坊、鼻風邪《かぜ》でも引いたんじゃねぇのか？」

春とはいえ、朝晩はまだ寒いからよ、と店主は料理人を気遣《きづか》ってみせた。

風邪を引いたふうでもないのだけれど、と澪は訝《いぶか》りながらも、調理に取りかかった。

独活は薄く切って酢水《すみず》に晒《さら》し、あくを抜く。春らしく、蛤《はまぐり》と合わせて澄まし仕立てのお汁《つゆ》にしよう。独活の皮はきんぴらに。ぴりりとした味に仕上げたきんぴらを好む者は多く、戯作者《げさくしゃ》清右衛門《せいえもん》もそのひとりだ。食べる顔を思い浮かべて、味見用に少し取り分け、煎り胡麻を指先で捻り潰してあしらう。

澪の眉が曇った。

芳《こう》ばしい美味《おい》しそうな胡麻の香りが立つはずが、まるで匂わない。

おかしい、と思いつつも、きんぴらの味をみる。ところが、味がよくわからないのだ。江戸の濃い醬油《しょうゆ》の辛さはほんの少し感じられるが、独活皮の爽やかな苦みや、煎り胡麻の味はしない。

そう言えば、と澪は竈《かまど》の方を見た。

当たり前に感じていたはずの、出汁《だし》の香りがしない。鍋《なべ》を覗き、湯気を顔に浴びてさえ、匂いを感じることは出来なかった。

旦那さんの言った通り、風邪なのだろうか。

鼻が詰まったふうでもないのに、と澪は両の眉を下げた。


「ううむ」

ほかにお客の姿のない二階の入れ込み座敷で、清右衛門が低く呻《うめ》いている。手には淡い水色の桔梗《ききょうこ》小鉢《ばち》。中身は、清右衛門好物の独活の皮のきんぴらだ。その隣りでは坂村堂《さかむらどう》が、澄まし汁を口にして、小首を傾げた。

間仕切りからふたりの様子を窺《うかが》う澪に気付いて、清右衛門は眼光鋭く睨《にら》んだ。呼びつけられている、と察して澪はおずおずと前掛けを外《はず》した。

「なるほど、風邪ですか」

「へい、そうなんですよ、坂村堂の旦那」

澪が調理場から入れ込み座敷に移るほんの短い間に、種市が助け船を出しておいてくれたらしい。和《なご》やかに種市と話していた版元《はんもと》は、脇に控《ひか》えた澪に同情の眼差《まなざ》しを向けた。

「吸い物の味が微妙に違った気がして、妙だと思ったのですが」

澪の料理を残すことなど滅多にない坂村堂なのだが、汁椀《しるわん》にはまだたっぷりと汁が残されている。

「今、ご店主に伺《うかが》いましたよ。私にも覚えがあります。風邪を引くと鼻が利かなくなりますから、味もわからなくなってしまう」

お大事になさってくださいね、と坂村堂に労《いたわ》られ、澪は肩を落としたまま深くお辞儀をした。

「料理人の分際で風邪を引くなど、以《もっ》ての外《ほか》だ。愚《おろ》かにもほどがある」

いきなりの罵声《ばせい》が飛ぶ。

澪が顔を上げると、激昂した戯作者が澪の首根を押さえ込まんばかりの勢いで、さらに言い募《つの》った。

「女というのは男と違い、気持ちの揺れが激しい。それゆえ女の料理は味が定まらぬのだ。その上に風邪を引くなど、とんでもない。だから女は駄目なのだ」

戯作者が吐き捨てたところで、りうがお茶を運んで来た。

「おやまぁ、戯作者先生とも思えないお言葉ですねぇ」

戯作者の膳に湯飲みを置くと、りうは歯の無い口をきゅっと窄《すぼ》めてみせる。

「あたしゃ清右衛門先生よりも随分と長く生きてますがね、女だから気持ちの揺れが激しい、なんてことはありませんよ。むしろ殿方《とのがた》の方が気持ちを整えるのが下手だと思いますがねぇ」

老婆の物言いに、戯作者はむっとした顔で湯飲みに手を伸ばした。

そう言えば、とりうは盆を胸に抱《かか》えて、うっとりとした表情になる。

「先生の戯作に出てくる姫君だって、女ながら相当に肝《きも》が据《す》わってますよ。犬と添おうだなんて、男には出来ない芸当ですとも」

途端《とたん》、清右衛門はぶわっと派手にお茶を噴きだした。坂村堂が慌てて手拭いを手に清右衛門の着物を拭い、芳たちが畳に這《は》い蹲《つくば》って水気を拭った。

「苛立《いらだ》ったり、怒りに囚《とら》われたまま調理場に立つと、どうしても味が定まらなくなる――昔、私の父もそう話していました」

騒ぎが収まると、坂村堂は泥鰌髭《どじょうひげ》を撫《な》でつつ、口を開いた。

坂村堂が自分から父親の話をするのは初めてなので、一同は思いがけない面持《おもも》ちで耳を傾ける。

「ひとが欲する味は、季節によって、また気候によって違う。砂糖や塩、醤油など、決められた分量を守れば良い、というものではないですからね。だからこそ匙《さじ》加減が大事で、そこには料理人の体調や気持ちが深く関わってくる。それゆえに料理は難しく、また面白いのでしょう」

なるほど、と種市が感嘆の声を洩《も》らした。

「坂村堂の旦那の親父《おやじ》様といえば、あの名料理屋『一柳《いちりゅう》』の店主。さすが、親子して言うことが違いまさぁ」

「この馬鹿者」

即座に、清右衛門の一喝《いっかつ》が飛んだ。

「感心している場合か。わしにこんな寝惚《ねぼ》けた味のきんぴらを二度と食わさぬように、さっさと料理人の風邪を治さぬか」

ずっと鼻が利かないままではどうしようもないぞ、と清右衛門は吐き捨て、膳を押しやった。

情けない思いで、それでも何とか勘を頼りに味を入れる。自信がないので、種市や芳に幾度《いくど》も味見をしてもらって料理を仕上げていく。漸《ようや》く暖簾《のれん》を終《しま》う刻限まで辿《たど》り着いた時には、くたくたになっていた。

座敷では残ったお客が店主と芳を相手に、機嫌よく話し込んでいる。孝介《こうすけ》の迎えが来て、りうはひと足先に帰った。今のうちに、と種市の寝酒の肴《さかな》用に一夜干しの鱵《さより》を炙《あぶ》る。

「匂いがわからないのは、本当に不便だわ」

いつもは魚の焼ける匂いで網から外す頃合いがわかるのに、鼻が利かないため、それが適《かな》わない。

「あら？」

勝手口の外で何か音がした気がして、澪は箸《はし》を放して引き戸を開けた。思いがけず強い風で、干しておいた笊《ざる》が飛ばされている。井戸端の方まで駆けて拾い上げ、ぱんぱんと笊を払いながら調理場に戻る。はっ、と気付いた時には遅かった。七輪の上の鱵は、ぶすぶすと黒い煙を上げていた。

慌てて、焦《こ》げた鱵《さより》を網から外す。火から離されても、鱵はまだ燻《くすぶ》り続ける。だが、澪の鼻はその焦げた臭《にお》いを全《まった》く感じないのだ。鱵を摘まんだまま、澪は流石《さすが》に、これはおかしい、と考え込んだ。

今までにも風邪を引いたことはある。けれども、ここまで匂いを感じ取れなくなった経験はなかった。

おかしい、おかしい、と自身の声が頭の中で木霊《こだま》する。

肌が粟立《あわだ》つ思いで、焦げた鱵を口にする。常ならば吐き出すほどの苦さだろうに、焦げた味を感じ取ることが出来ない。幾度咀嚼《そしやく》しても嫌《いや》な味かどうかもわからない。

飲み下す時に、うっすらと渋みを覚えるのみだった。

澪は震える手で醬油を天塩皿《てしおざら》に零《こぼ》し、指に取って舐《な》めてみる。朝には微かにわかった醬油の味も、今は消えてしまっていた。

これは絶対に変だ。

本当に風邪なのだろうか。

もし、風邪でなかったとしたら……。

ふいに、足もとの地面が割れるような恐怖に襲われて、澪は土間に突っ伏した。自《みずか》らの思いとは別に身体が震えて止まらない。

「澪、お茶のお代わりを」

土瓶《どびん》を手に調理場へ戻った芳は、娘のただならぬ様子に息を呑《の》んだ。

「ご寮さん」

澪は、血の気の失《う》せた顔を上げて、戦慄《わなな》く声で芳を呼んだ。その声で我に返った芳は、澪のもとへ駆け寄り、土間に両膝《ひざ》をつくと、娘の双眸《そうぼう》を覗き込んだ。

「どないしたんや、澪」

「魚の焦げる臭いも味も、わからんようになってしもたんだす。風邪でこないなこと……」

その瞳《ひとみ》に言い知れぬ不安を読み取ると、芳は娘の両の腕を優しく撫でさすった。

「すぐに源斉《げんさい》先生のとこへ行きまひょ。今、旦那さんに話してきますよって」

大丈夫、任せておきなはれ、と芳はわずかに震える声で言い、さっと立ち上がった。

源斉の住まいは、神田旅籠《はたご》町の表店《おもてだな》の一軒で、診療所を兼ねる。広々とした一階は、畳が二枚敷かれているほかは、艶々《つやつや》とした板張りで、奥に百味簞笥《ひゃくみだんす》がひとつ。医療道具が収まっているらしい簞笥もひと竿《さお》。殺風景だが清浄を保っていた。その一角で、先刻より芳と種市が息を詰めて、医師の診察を見守る。種市は、芳から澪のことを聞き、心配のあまり同行したのだ。

「熱もない、身体のだるさや関節の痛みもない。鼻水が出るわけでもなく、鼻詰まりもない。ただ、匂いがわからない……」

丁寧《ていねい》に診察を終えたあと、澪から聞き取ったことを繰り返すと、源斉は沈思《ちんし》した。

それがあまりにも長く感じられて、澪も、背後のふたりも、不安でならない。

「源斉先生、お澪坊は風邪ですよね？　風邪に決まってらぁ」

沈黙に耐えきれず、種市は膝行《しっこう》して医師に縋《すが》った。

「お澪坊は風邪だ、頼むからそう言ってくだせぇよ」

老人に身体を揺さ振られながら、源斉は当惑したように畳に目を落とす。それは、言い辛いことをどう話せば良いのか、と言葉を探している風にも見えた。

「旦那さん、落ち着いておくれやす」

見かねた芳が押し留《とど》めて、渋々、種市もこれに従った。

店主から解放されると、源斉はじっと澪の瞳を見た。

「澪さん、残念ですが、これは風邪ではありません。ただ、命に関わるものではないので、その点は安心してください」

医師のひと言に、種市たちの顔から強張《こわば》りが消えた。

言葉を丁寧に選びつつ、源斉はさらに続けた。

「匂いが消える原因は、様々です。風邪を引いたり、鼻に病《やまい》のもとがあったり、あるいは稀《まれ》に、転んで頭を打った時に起こる場合もあります。澪さんはそのいずれにも当てはまらない」

あとは、と源斉は声を低める。

「何故《なぜ》そうなるのか、病の仕組みはよくはわからないのですが、例えば心労が重なって、匂いが消えた例を知っています」

火事で身代《しんだい》を失った大店《おおだな》の店主。乳《ち》飲み子を抱えて、亭主に先立たれた女房。いずれも、ある日突然、匂いが消えてしまったのだという。

「治られたのですか？」

おずおずと、澪は医師に尋ねた。

源斉は、ほんの一瞬躊躇《ためら》い、躊躇ったことを補うかの如く、ええ、と大きく頷《うなず》いてみせた。

「ただし、日にち薬《ぐすり》だと思ってください。情けないことですが、これで治る、という治療法はないのです」

最後の方を苦しげに言って、源斉は澪に頭を下げた。

「鼻が利かねぇってことは」

狼狽《うろた》えた種市が、源斉の方へ身を乗り出す。

「つまりなんですか、味もわからねぇってことですかい、先生」

老人の問いかけに、ええ、と医師は控えめに答えた。

「匂いを嗅ぐことと、物を味わうことは密《みっ》に繋《つな》がっているのです」

そんな、と低く呻いて、種市は両の膝頭《ひざがしら》をぎゅっと握りしめた。

匂いが消えると味も削《そ》がれる——料理人にとってそれがどういうことか。嘉兵衛《かへえ》が見込んだ天性の味覚も、嗅覚《きゅうかく》があればこそ。

匂いのわからぬ料理人が、居るのか。

味のわからぬ料理人が、この世に居るだろうか。

幾度、思考を巡らせても、どうにもならない答えしか導き出せない。

「澪、心配おまへん」

芳が手を伸ばして、澪の手を取った。

「大丈夫だす、お前《ま》はんはきっとようなるさかい」

何とか力づけようとする芳に応《こた》える気力もなく、澪は、焦点《しょうてん》の定まらぬ目で天井を仰いだ。

源斉と種市に送られて、金沢町へと足を向ける。

月の姿はなく、替わりに西の高い位置に、禍星《わざわいぼし》が輝いていた。

提灯《ちょうちん》を手に源斉と種市が先に立ち、少し離れて、澪を抱き寄せた芳が続く。四人とも押し黙って歩いた。

強い風が提灯の火を揺らせ、弥生というのに寒さが肌を刺す。

源斉先生、と種市が低い声で呼びかけた。

「先生が診《み》た、てぇ患者は、確かに治ったんですよね。どのくらいで治ったか、教えてくだせぇよ」

「病は、ひとりひとり違いますから、それを話したところで参考にはなりません」

苦しげに答える源斉に、それでも、と老人は取り縋《すが》る。

「確かに治るんなら、何年だって待ちますさぁ。後生《ごしょう》だから、教えておくんなせぇ」

そこまで懇願《こんがん》されて、仕方なく医師は心を決めたらしい。後ろのふたりを気遣いながら、澪さんがそうなるとは限りません、と断った上で、種市の問いに答えた。

「ひとりは五年、もうひとりは、ひと月ほどでした」

ひと月、と種市は救われた顔を医師に向けた。

「ひと月くらいなら、辛抱のうちに入りませんぜ。一体どんなわけで、ひと月で治ったんでしょうかねぇ、源斉先生」

「身代を失った店主を気の毒に思ったかたの口利きで、娘御の縁談がまとまったのです。大層良い縁組だと聞きました」

澪の気持ちを慮《おもんぱか》ったのか、源斉はさらに声を落とした。

「もとの心労を忘れさせるほどの幸福、あるいは逆にさらなる不運に見舞われた時に、匂いが戻ることがあるのではないか、と私の父も申しておりました」

強い風が、安普請《やすぶしん》の裏店《うらだな》をがたがたと鳴らしている。

今はその煩《うるさ》い音が、むしろ、芳と澪にはありがたかった。音が無ければ、部屋はあまりに重苦し過ぎた。

澪は夜着《よぎ》を目の下まで引き上げて、息を殺して考えていた。

ひとりは五年、ひとりはひと月。

もとの心労を忘れさせるほどの幸福が、そう都合よく我が身に訪《おとず》れるとは思えない。だとすると、五年……。五年は長い、澪にとって途方もなく長い。それでも五年で治ればまだ良い。一生このままかも知れない、と思った途端、心の臓が、ぎゅっと何かに鷲摑《わしづか》みにされたように痛んだ。

夜着の中で両の指を固く組み、澪は疼痛《とうつう》に耐える。

想いびとと決別し、料理人として生きることを選んだ。苦しみの中でその道を選んだのだ。ひとの想いを裏切り、踏みつけ、それでも心星《しんぼし》を目指す、と決めた。それなのに……。

もしも、治らないとしたら。

このまま一生、匂いも味もわからないままだとしたら。

恐ろしさのあまり、澪は半身を起こす。

「澪」

低い声で芳が呼んだ。

夜着を捲《めく》り、芳は闇《やみ》の中で腕を伸ばして、冷えきった娘の身体を抱き寄せる。

可哀想《かわいそう》に、何でお前《ま》はんだけがこないな目ぇに、と澪の肩に顔を埋《うず》めて芳は呻いた。

芳の身体の温《ぬく》もりが、澪の凍《こご》えた心を少しずつ溶かす。自身の苦しみに溺《おぼ》れそうになっていた澪は、芳によって救われるのを感じた。

水が低い方に流れるのに似て、悪い方にしか考えられなくなっていた思考が、漸《ようや》く平らかになった。

治るか治らないか、まだわからない。それならば、治らない、と決めつけて怯《おび》えるのは止《よ》そう。

そう思えた時、胸の疼痛は消えた。

「随分と考えたんだすが」

表情は見えないながら、芳は苦しげに言葉を繋ぐ。

「お前はんがこないなったんは、小松原さまとの人生を諦《あきら》めたからやと思う。それならもう一遍、考え直したらどやろか。私から、どないなりとも先《さき》さまへお詫《わ》びを入れさせて頂くさかいに」

ご寮さん、と澪は芳の腕を解いて、そっと身を引いた。

「小松原さまとのことは、もう済んだこと。それに、あのおかたはもう奥方様をお迎えになられました」

凍りつく気配がした。

長い長い沈黙のあと、あの日ぃか、と芳は吐く息で問うた。

はい、と澪も微かな声で答えた。

芳はもう一度、手を伸ばして娘を抱くと、その背中を優しく、優しく、撫でた。

「辛かったやろ。そら、匂いも消えてしまう。けど、それならきっと、時はかかっても、必ず匂いも味も戻りますで」

赤子のように芳に抱かれ、澪は小さく頷いた。

あさーりぃ　あさりぃ
あさーりぃ　あさりよっ

朝焼けの残る空の下、声変わり前か、甲高《かんだか》い売り声を上げて、棒手振《ぼてふ》りが俎橋《まないたばし》を渡っていく。

澪は昨夜から幾度も考えた台詞《せりふ》を、胸の中で繰り返していた。

匂いが戻るかどうか、戻るとしても何時《いつ》なのか、何もわからないのですが、それでもつる家に居させてください。洗い場でも、お運びでも何でもします。

「お願いします、旦那さん」

最後にそう声に出して復習《さら》うと、澪は思い詰めた表情のまま、顔を上げる。つる家は、もうそこだった。

「澪姉さん」

表格子《おもてごうし》の雑巾《ぞうきん》がけをしていたふきが、いち早く澪の姿を認めて駆け寄った。

「澪姉さん、休んでなくて大丈夫ですか？」

澪の顔を覗き込む、その目が赤い。澪の身を案じて、昨夜は眠れなかったのだろう。

「心配かけてごめんね。旦那さんは内所《ないしょ》かしら」

落ち着いた様子の澪にほっとしたらしい、ふきは小さく息を吐くと、いいえ、と頭《かぶり》を振った。

「『ちょいと出てくる。帰りは昼過ぎになるから』って、今朝まだ暗いうちに、何処《どこ》かへお出かけになりました。今日は商《あきな》いを休むから、もし澪姉さんが来たらそう伝えるように、と」

ふきの言葉に、澪は考え込む。

澪のためにつる家はこれまで、幾度となく商いを休み、そのせいでお客の信用を削《そ》いだ。七種粥《ななくさがゆ》で思い出してもらえたから良かったものの、そうでなければどうだっただろう。

これ以上店を休むのは、決して好ましいことではない。

店を開けたい、心底そう思う。ただ、味の定まらない料理を出せば、却《かえ》って店の名を落としてしまう、という危惧《きぐ》はある。また、主が休むと決めたものを、奉公人が覆《くつがえ》すことに大きな躊躇《ためら》いもある。けれども澪は、もう自分のせいでつる家の暖簾に傷を付けたくはなかった。

どうすれば良いだろう。澪は頭を抱えた。

「店を開けるかどうか、悩んでるんですかねぇ」

つる家の入口から、雑巾を手にしたりうが姿を見せた。

「りうさん、もう居らしてたんですか？」

驚く澪に、りうは二つ折れの腰を伸ばしながら応える。

「今朝早く、ここの主が家を訪ねて来ましてね、お前さんの病の話をして、ちょいと算段をするために今日は店を休む、なんて言ってましたよ。あたしゃもう、気が気でなくて。家に居ても仕方ないし、取り敢《あ》えずここに来てみたんです」

でも、その様子なら大丈夫そうですね、とりうは鷹揚《おうよう》に頷いた。

りうさん、と澪は老女に縋《すが》る。

「店を開けたいんです。でも、どうすれば良いか」

娘の葛藤《かっとう》を見通しているらしい老女は、ふぉっふぉっと声を立てて笑いだす。

「今日一日だけのことでしたら、あたしゃ、澪さんの鼻と舌になりますよ。ふきちゃんだって居ます。坂村堂さんのような見事な舌は持ってませんがねぇ。例えば、かて飯の味や澪さんのお味噌汁《みそしる》の味はもう舌が覚えてますからね」

ねぇ、ふきちゃん、とりうに言われて、ふきはこっくりと大きく頷いた。光が見えた思いがした。

「ありがとうございます」

深々と頭を下げる澪に、りうは、

「店主が休む、ってのを、奉公人の考えで勝手に開けるんですからねぇ。あまり褒《ほ》められたことじゃないのは確かですよ」

と、今度は歯の無い口を窄めてみせた。

忽《たちま》ち澪の両の眉が下がったのを見て、りうはまた、ふぉっふぉと笑う。

「なぁに、構やしませんよ。あたしが片棒を担《かつ》げば、ここの旦那だって何も言やぁしませんから」

牛蒡《ごぼう》と油揚げのかて飯、手綱蒟蒻《たづなこんにゃく》の土佐煮《とさに》。三つ葉のお浸《ひた》しに、豆腐の味噌汁。店にあるものと棒手振りから買えるものとで食材を賄《まかな》い、味のはっきりしたものと、淡白なものとを組み合わせて献立《こんだて》を決めた。手分けして下拵《したごしら》えを終え、ふたりに頻繁《ひんぱん》に味をみてもらいながら、澪は料理を仕上げていく。

「ご寮さん、遅いですねぇ。あのひとが一番、確かな舌を持ってるでしょうに」

りうのひと言に、澪も芳の到着の遅いことが気になり始めた。

「今朝、『寄りたいところがあるから、店に着くのが少し遅れる』と聞いてはいるんですが」

寄りたいところとは何処《どこ》か、澪にもわからない。

源斉のところか、あるいは神信心か、そのどちらかだと見当はつくのだが、それにしても、そろそろ暖簾を出す刻限なのに、と澪は芳のことが心配になった。

「遅うなってしもて、堪忍だす」

駆け込むように芳が勝手口に姿を見せたのは、最初のお客の注文が調理場に通された時だった。芳は何処へ行っていたとも、誰と会ったとも何も澪には告げず、急いで身仕度《みじたく》を整えると入れ込み座敷へと向かった。

昼餉時《ひるげどき》、つる家にはいつも通り、多くのお客が足を運んだ。

「おっ、かて飯に焦げが混じってやがる」

「これがまた旨《うめ》ぇんだよな。焦げ飯食うは出世せずとか、焦げ飯食うと運が悪いとか言うが、こんな旨いもんは無《ね》ぇよ」

入れ込み座敷から、そんなお客の声がする。

皆が旨そうに料理を平らげるのを間仕切りから見守って、澪は大きな吐息をひとつ。

何とか無事に今日は乗り切れそうだ。

ただ、と澪はきゅっと唇を噛《か》んだ。

明日からのことを思うと、立つ足もとがぐらぐらと揺れる。

「旦那さん、随分と遅いですねぇ」

夕餉の仕度に取りかかる前、気忙《きぜわ》しく賄いを食べながらりうが言った、その時だ。

「おいおい、店が開いてるじゃねぇかよぅ」

戸惑いの声が響いて、店主が勝手口に顔を出した。

「旦那さん、申し訳ありません」

澪は両膝を折って土間に座り、手をついて店主を迎える。

「勝手なことをしてしまいました」

澪が土に額《ひたい》を擦りつけるのを見て、店主は慌ててその肩を押さえた。

「止《よ》してくれ、お澪坊。俺《おら》ぁ、別に怒っちゃいねぇよ。それより……」

店主は澪の腕を持って立たせて、弾《はず》んだ声で続けた。

「喜んでくんな。助っ人を連れてきたぜ」

助っ人、と小さく繰り返して、澪は惑い、背後の芳とりうを振り返った。

ふたりも同じように困惑の表情を見せている。

「お澪坊にしたら、味がわからねぇまま調理場に立つのは辛かろう。だが、もう心配しねぇで良いんだぜ」

澪の抱える不安を見透《みす》かしていたのだろう、店主はそう言うと、

「こっちに入ってくんな」

と、勝手口から外へ呼びかけた。

その声に応じ、ぬっと姿を現した人物を見て、一同は大いに戸惑った。

黒紅《くろべに》の風呂敷包みを小脇に抱えたその男は、強面《こわもて》ながら何処か困った顔で三人を順に眺《なが》めた。

見知らぬひとではない、皆もよく知る男だった。

「まぁあまあ」

真っ先にりうが、その男に駆け寄った。

「又《また》さんじゃありませんか」

男は、常は「三方《さんぽう》よしの日」にだけ、つる家の調理場に立つ又次《またじ》だったのだ。

「そう言えば、明日は弥生最初の三方よしでしたね。それに備えて今日からですか?」

老女に問われて、又次は、いや、と軽く頭を振る。

「これからふた月、ずっとつる家で世話になるぜ」

又次の返事に、りうは、ぱん、と年寄りとも思えぬ力で、音高く両の手を打ち鳴らした。

驚いたのは澪と芳である。

「旦那さん、では助っ人というのは又次さんなんですか？」

「『三方よしの日』だけやのうて、ほかの日ぃも手伝《てつど》うてくれはるんだすか」

と、両脇から店主に迫った。

おうとも、と店主は薄い胸を張る。

「俺ぁ、今朝、翁屋《おきなや》の楼主《ろうしゅ》に直談判《じかだんぱん》に行ったのさ。お澪坊の具合がこんなだから、暫《しばら》くの間、又さんの力を借りられねぇか、と」

最初はまるで取り合わなかった伝右衛門《でんえもん》だったが、誰かに呼ばれて随分長い間、席を外した。戻ってきた時には、渋々ながら承諾《しょうだく》した、とのこと。

「心変わりの理由はわからねぇし、ほかにも手痛い条件を付けられちまった。何せ又さんは翁屋にとっちゃぁ大事な」

店主がそこまで話したところで、又次が脇から遮《さえぎ》った。

「親父さん、それくらいで良いだろ」

「そうですとも、嫌ですねぇ、年寄りは話が長くて」

自分の年を棚に上げて、りうは、やれやれと頭を振っている。

「楼主の条件だなんて、どのみち銭の話に決まってますよ。それよりも旦那さん、ふた月の間、又さんに毎日、吉原からここまで通えってんですか？」

「何だよぅ、手前こそ、ひとの話を最後まで聞けってんだ」

りうをひと睨みしてから、種市は口調を改《あらた》めた。

「又さんには、ふた月の間、ここで暮らしてもらうことになってる。つまりは住み込みだ。頭数が増えるんで、色々と手もかかるかも知れねぇが、皆も宜《よろ》しく頼むよ」

「澪さん、ご寮さん、それにりうさん」

又次もまた、三人を見やって、声を整える。

「そんなわけで世話になります」

深く頭を下げる又次に、りうと芳は、

「まあまあ、又さん、顔を上げてくださいよ」

「お世話になるんは、私らの方だす」

と、拝まんばかりだ。

ふたりに両側から挟まれて、又次は居心地《いごこち》が悪くなったのか、荷物を置いてくるぜ、と断って内所へ足を向けた。

「ご寮さん、良かったですねぇ」

「へぇ、ほんにありがたいことでおます」

手を取り合って喜ぶふたりの様子に、店主も相好《そうごう》を崩す。

又次が居てくれれば、これほど心丈夫なことはない。おそらくは澪のためにと伝右衛門を説《と》き伏せてくれただろうひとを想って、澪は、懐《ふところ》に右の掌《てのひら》を置いた。

「あ、そうだ、ふきちゃん」

この朗報から下足番《げそくばん》が取り残されていることに気付いて、澪はふきを呼びに走った。


弥生三日の「三方よしの日」は、桃の節句と重なった。

つる家の入れ込み座敷の飾り棚には、玉子型の素朴《そぼく》な土雛《つちびな》が据《す》えられ、あちこちに桃の花が飾られている。

「おいでなさいませ」

と、昼餉時のお客を明るい声で迎える下足番の髪にも、短く手折《たお》られた桃の花枝が簪《かんざしが》替わりに添えてあった。

蛤《はまぐり》の澄まし汁、紅白膾《こうはくなます》、小豆飯《あずきめし》、木の芽味噌の豆腐田楽《でんがく》――娘の成長を祝う雛祭りの料理は、所帯を持ち、娘に恵まれた父親が口に出来るもの。所帯を持たない男たちにとって、雅な料理はこの上なく珍しく、心浮き立つものだった。

「この店がなけりゃあ、俺みてぇな独り者は一生縁がない食い物だからよ」

「懐に小さい娘を抱いてよう、嬶《かかあ》にこんな飯を作ってもらって。そんな幸せがこの世にあるのかねぇ」

ほろりと苦い切なさも入り混じり、皆、惜《お》しむように料理を口に運んでいる。

「今夜の三方よしでも、この膳で一杯やれるのかい？」

芳やりうを捉《つか》まえて、そう尋ねるお客があとを絶たない。そんなお客たちの声が調理場に届いて、又次の頬《ほお》を緩《ゆる》ませた。

「ほっとしたぜ」

豆腐を炙る手を止めて、又次は人心地ついた体《てい》で洩らした。

「俺が味を決めることで、店の評判を落としちゃならねぇからな」

「又次さんなら大丈夫。だって、ほら」

澪は下げられてきた膳を示した。

どの器《うつわ》も、舐め取ったかと思うほど綺麗《きれい》になっていた。

七つ（午後四時）になると、旨い酒と肴を目当てに、次々にお客が足を運ぶ。雛祭り膳をあてに酒を呑む者も続いた。中でも木の芽味噌の田楽は酒にもよく合うので、追加で頼む者も多い。また、赤味噌を用いた木の芽味噌はそれだけでも肴になるため、忽《たちま》ち品薄となって、又次は幾度も作ることとなった。

擂《す》り鉢で木の芽を丁寧に擂って、味噌と酒、味醂《みりん》を加えてさらに擂る。又次の手もとを覗いても、木の芽の芳香が澪の鼻をくすぐることはない。又次は出来上がったばかりの木の芽味噌を匙に取って、澪に差し出した。

「味を」

言いかけて、はっと匙を引っ込める。

「済まない、つい、いつもの癖が出ちまった」

良いんです、と澪は軽く首を振った。

つる家が「三方よしの日」を始めてからずっと、料理人としてのふたりは、澪が主、又次は従、という立場だった。献立などは話し合うが、料理の味を決めるのは澪だった。だから又次にしても、つい、全《すべ》てにおいて澪を重んじようとするのだろう。

「擂り鉢、洗っておきますね」

木の芽味噌を別の器に移すと、澪は用済みの擂り鉢を手に流しへ向かった。ひと目のないのを幸いに、底に残った味噌を指の先で掬《すく》い、舐めてみた。

やはり、何の味も感じることは出来なかった。

「お客の台詞《せりふ》じゃねぇが」

三方よしも無事に終わり、調理場の板敷で夜食を食べながら、種市はしみじみと洩らす。

「桃の節句に、こうして小豆飯やら紅白膾やらが食えるのは、嬉しいもんだな」

そうですねぇ、とりうも美味《おい》しそうに紅白膾を頬張《ほおば》って、

「皆で揃《そろ》って、というのがまた、幸せですよ」

と、皺《しわ》に埋もれた目を一層細めた。

ふきが心配そうにこちらを見ているのに気付いて、澪はとりわけ大きな口で箸に載せた小豆飯を頬張る。もぐもぐと咀嚼しながら、ふきを見て目もとを和《やわ》らげた。ふきはやっと安堵《あんど》した顔で、止まっていた箸を動かし始めた。

動けばお腹《なか》は空《す》くし、時分時《じぶんどき》に食事をしよう、という気分にもなる。ものを食べている実感はあるし、胃の腑《ふ》に納まるのもわかる。けれども、匂いと味が削がれた食事というのは、どうしてこんなに味気なく、哀《かな》しいのだろう。口の中のものを嚙めば嚙むだけ、哀しみが溢《あふ》れそうになる。だが、それを周囲に悟られぬように、澪は無理にも機嫌よく食べ続けた。

ひと足先にりうが帰ったあと、又次と種市、それにふきに送られて表に出る。西の低い位置に糸ほどの月が浮いていた。目を凝《こ》らさねばそれとはわからぬ、儚《はかな》い月だ。

「遅くなっちまったし、今夜はこっちに泊まりゃあ良いのによぅ」

店主に引き留められたが、芳と澪は丁寧に辞する。

俎橋を渡りきって振り返ると、通行人の提灯の明かりが、弾むように店の中へ入るふきの姿を淡く映しだしていた。

「ふきちゃん、嬉しそうやなあ」

ほのぼのとした笑顔を向ける芳に、澪は、ええ、と頷いた。

又次の存在が、今のつる家にとって、どれほど大きな救いになっているか知れなかった。

又次の助けを借りるふた月の間に、匂いが戻れば言うことはないのだ。けれども、治るか、治らないか、誰にもわからない。それを考え始めると、足もとが底なし沼と化して、ずぶずぶと身体が沈んでいく。澪は立ち止まって息を整えた。

——けんど、その苦労に耐えて精進を重ねれば、必ずや真っ青な空を望むことが出来る
易者《えきしゃ》の声を思い出し、澪は暗い天を振り仰いだ。

雲外蒼天《うんがいそうてん》。

それならば苦労に耐えて精進を重ねよう。その先に広がる、真っ青な空を信じて。

「ふき、ちょいと助《す》けてくんな」

朝、その日の献立の下拵えを終えて、又次が下足番を呼んだ。戸板を井戸端で洗い、店の表へ立てかけるのを見て、つる家の面々は何事か、と首を捻る。

「皆もただ見てねぇで、助けてくれ」

言いながら又次は、戸板に生の若布《わかめ》を広げて並べていく。

「出雲《いずも》だったか因幡《いなば》だったか、若布をこうするんだと。本当は、正月あたりに出回る新ものでやるのが一番なんだが、こうして若布を広げて海苔《のり》みてぇに乾《かわ》かすと、ちょいと面白《おもしれ》ぇことになる」

廓《くるわ》の客に教わった料理、と聞いて、一同揃って腰を屈《かが》め、若布を広げ始めた。太い茎は予《あらかじ》め外されている。心もとない柔らかな塊《かたまり》を薄い膜状に広げて、戸板に丁寧に貼《は》り付けていく。

店開け前の不思議な光景に、表通りを行くひとが立ち止まって好奇の眼差しを向けた。おい、つる家、と尊大に呼びかけて、

「宗旨《しゅうし》替えして、若布で障子紙《しょうじ》でも作ろうってぇのか」

と、冷やかしてはみたものの、又次に眼光鋭く睨まれて、震え上がって逃げていく。

又さん、とりうは軽く首を振ってみせる。

「お前さんは良い男なんだから、そんな滅多矢鱈《やたら》とひとを睨んじゃいけませんよ」

「そいつぁ無理だぜ、りうさん」

又次は若布を広げる手を休めずに、ほろ苦く笑ってみせた。

「この顔は生まれつきだ。おまけに俺ぁ、物心ついた時から吉原廓で泥水を啜《すす》って生きてきたのさ。やらねぇとやられちまう、そんな里で生きてきた」

又次の抱える苦しみの一端が洩れ出たように思われて、一同は黙った。

その場が重くなったのを感じ取って、又次は、

「さぁ、これで良し。俺ぁ、料理に戻るぜ」

と、いち早く立ち上がった。

天日に干して半日、広げた若布はぱりぱりに乾いた。崩さぬよう用心しつつ戸板から剝《は》がして、掌ほどの大きさに揃える。

「こいつぁ珍しい。磯《いそ》の匂いがまた何とも」

仕上がったものを手に、店主は鼻を寄せてみたり、透かしてみたりしている。

「一見、浅草海苔のようだが、又さんよぅ、こいつぁ一体、どうやって食うんだい？」

又次は店主から若布を取り返すと、七輪の上で軽く炙ってみせた。

「このまま食っても良し、こうして粗く砕いて、と」

両の手でやんわり包み込むと、炙り若布はぱりぱりと小気味よい音を立てて砕ける。又次はそれを装《よそ》った白飯の上にかけた。

種市は、どれ、と砕いた若布の載った温飯《ぬくめし》を口に運ぶ。軽く目を見張ったかと思うと、物も言わずにがさがさと飯をかき込んだ。

皆で少しずつ味を見る。ふきと芳は揃って両の目を細めた。匂いも味もわからないながら、澪は嚙み心地に気持ちを寄せた。

「これはお酒好きには堪《たま》らないでしょうねぇ」

自分もいける口なのだろう、りうは歯茎《はぐき》で若布を砕いて、実に惜しそうに零す。

「今、ここにお酒がないのが残念ですよ」

その日、陽が落ちてからつる家を訪れたお客は、又次特製の炙り若布にありつく幸運を得た。その軽《かろ》やかな嚙み心地と豊かな磯の香に、誰もが驚き、忽ちに虜《とりこ》となった。

「宝船の昆布《こんぶ》も旨かったが、こいつはこいつで何とも優しい味だ」

「あっちが吉原の花魁《おいらん》なら、こっちはさしずめ辰巳《たつみ》芸者ってとこだな。ああ、酒が欲しい」

りうの見越した通り、入れ込み座敷のあちこちで、酒を求める声が上がった。

済みませんねぇ、と二つ折れのまま、りうは座敷を回る。

「つる家でお酒を出せるのは、『三方よしの日』と決まってますからねぇ、堪忍してくださいよ」

仕様がねぇな、と鳶《とび》らしい男が首を振る。

「ここの看板娘にそう言われちゃあ、我慢するよりねぇや」

見知らぬ者同士がその台詞にわっと沸き、入れ込み座敷は朗笑《ろうしょう》で揺れた。

間仕切りからその様子を見守って、澪はそこに芳の姿がないことを案じた。もう随分長く、二階座敷へ上がったままなのだ。

ただお客に引き留められているだけなら良いのだが、何故《なぜ》か胸騒ぎがした。

そっと調理場を抜けて二階へと上がり、廊下で耳を澄ませる。

「何故《なにゆえ》、酒を出さぬというのか。この店は月に三度、酒を出すと聞いておるのだぞ」

横柄《おうへい》な声が、手前の小部屋から響いてきた。

「強情な女だ。あれは確か三年前、茶碗蒸《ちゃわんむ》しに腹から捌《さば》いた鰻《うなぎ》が入っている、とぬけぬけと嘘を言い、ようも騙してくれたものよ。我らふたり、忘れはせぬぞ」

あっ、と澪は両の手で口を押さえた。

とろとろ茶碗蒸しが料理番付に載った際に、さる御留守居役《おるすい》がお忍びで、神田御台所町にあったつる家を訪れたことがあった。その際、お付きの若侍ふたりが食事中の客を全て追い出して迎える準備をせよ、と息巻いて、ちょっとした騒動となった。

もう顔も姿も覚えていないが、あの時の侍だ、と澪は確信した。芳を守らねば、と襖《ふすま》に手をかけようとした、その時。

肩をぽん、と叩かれて、振り返るとりうが居た。

りうは澪に頭を振ってみせ、その手を引いて階下へとおりた。

「ご寮さんなら大丈夫ですよ。それより何か手を考えないと」

調理場へ戻ると、澪は店主と又次に事の成り行きを話した。あの時の二本挿しか、と種市は低い声で呻いた。

「二階ですから、こっそりお酒を運ぶことは出来ますけど、ちょいと癪《しゃく》ですねぇ」

りうが言うと、種市も頷いた。

座敷からお客の呼ぶ声がして、りうは慌てて調理場を出ていった。

それまで黙って聞いていた又次が、親父さん、と切り出した。

「その客が二度とこの店に来なくなっても構わねぇのか」

「もちろんだぜ。今すぐにでも塩を撒《ま》いて追い返してぇ気分さね」

わかった、と料理人は短く言い、立ち上がった。

不穏《ふおん》なものを感じて、澪は又次の腕を摑んだ。又次は薄く笑うと、澪の手を解いた。

「酒の仕度を頼む」

きょとんとしている澪に、再度、酒の燗《かん》を命じて、又次は店主に向き直った。

「親父さん、済まねぇが、ふきと手分けして篠《ささ》の葉を集めてくんな。そうさな、茶碗に一杯もありゃあ充分だ」

小さな笊を押し付けられて、目を白黒させたまま、種市はふきを呼びにいく。

酒の燗を待つ間に、又次は調理台に塩と昆布を並べた。昆布は幅の狭い、短めの一枚物だ。

「昆布は戻しますか？　それとも食べ易《やす》く切りましょうか」

「いや、このまま使う」

又次の答えに、澪は戸惑う。

「帯のままで良いんですか？」

又次は唇の片端をきゅっと上げてみせるだけで、何も言わない。

「又さんよぅ、こんなもん、どうすんだよぅ」

篠の葉を持ち帰った店主にそう問われても、又次はやはり唇の片端を上げるだけだ。

大きな平皿に篠の葉を敷き詰め、そこに帯のままの昆布と小皿に盛った塩を並べる。

澪は又次の手もとを見守って、ああ、なるほど、と気付いた。料理を盛り付ける際に、下に敷くものを掻《か》い敷《しき》と呼ぶが、又次はそれに篠の葉を用いたのだ。

「白木の三方《さんぼう》を使えばそれらしくなるが、まぁ、こんなもんか。正式なことは俺も、それに多分あっちも、知らねぇだろうしな」

呟いて、又次はそれを膳に載せた。

「こいつぁ俺が持っていく。悪いが澪さんは酒を頼むぜ」

はい、と応えて澪は、熱いちろりと盃《さかずき》とを膳に載せ、布巾《ふきん》で覆《おお》って目立たぬよう又次のあとに続いた。ちろりはぐらつくので、細心の注意を払わねばならなかった。

「御免なさいまし」

膳を脇に置き、襖越しに声をかけると、又次は滑《なめ》らかな所作で引手に指をかけて引いた。中に居た芳に、軽く頷いてみせる。

「何だ、貴様は」

着座していたのは、やはりふたり。

年の頃二十二、三と思《おぼ》しき下座の侍が、居丈高《いたけだか》に応じた。

澪を襖の陰に隠したまま、又次は廊下に両の手をついた。

「この店の料理人でございます」

丁寧に一礼すると、又次は続けた。

「酒をご所望かと存じ、勝手ながら用意させて頂きました」

ほう、と意外そうに声を洩らし、ふたりは顔を見合わせた。

「よし、構わん。入れ」

又次は澪から膳を取り上げると、廊下で待つよう顎先《あごさき》で伝えた。又次の手で膳の布巾が外されると、ふたりは、

「ちろりのままとは無粋《ぶすい》な。まぁ、仕方あるまい、許す」

と、勿体《もったい》をつけて膳を受け取った。

「肴もお持ちしました。お出ししてもよろしゅうございますか」

料理人にそう尋ねられ、侍たちは上機嫌となった。

「なかなかに気の利く料理人だ。すぐに出すが良い」

許しを得て、又次は、廊下に置いた膳を畳に移した。平皿に盛った塩と昆布の肴である。まさにちろりに手をかけたばかりの侍たちは、その肴をみるなり、ぎょっと目

を剝いて動きを止めた。

上座の侍の顔が青ざめたかと思うと、見る間に真っ赤になった。怒りのあまりか、身体が小刻《こきざ》みに震えている。貴様、と呼ぶ声も戦慄《わなな》いていた。

「これはどういうことか。篠の掻い敷が何を意味するのか、知ってのことか」

「答え次第ではただでは済まさぬぞ」

下座の侍の声も怒気《どき》を孕《はら》む。

又次の纏《まと》う気配が、がらりと変わった。その表情から柔らかさが消え、すっと細めた双眸《そうぼう》は犀利《さいり》な刃《やいば》を思わせる。全身から陽炎《かげろう》のように殺気が立ち昇っていた。

又次の豹変《ひょうへん》は、若い侍ふたりを震え上がらせるのに充分だった。傍《かたわ》らに控えた芳さえも、息を吞んでいる。又次は惨忍な笑みを浮かべると、平皿をすっとふたりの間へ押しやった。そして上座の侍ににじり寄り、ぐっと顔を寄せて、声を低めた。

「腹から捌いた鰻が食えねぇで残念だったなぁ。今度は手前が腹をかっさばけるように、作法通りに用意してやったが、どうする」

幾つもの修羅場《しゅらば》を潜《くぐ》った者にしか出せない声音《こわね》だった。

相手は腰が抜けたらしく、両手を後ろに突いて辛《かろ》うじて体勢を保っている。又次はゆっくりと下座の侍に視線を移した。

あわわ、と言葉にならない声を発して、侍は畳を這《は》って廊下へ出た。それを見て、残る侍も何とか這い回って又次から離れた。

ふたりは澪の脇を這々《ほうほう》の体《てい》で過ぎ、尻で階段をおりていく。

「ふき、お客さんがお帰りだ」

又次は階下へ声を張った。

無事に暖簾を終ったあと、一同は熱いお茶を片手に、夜食の握り飯を口にした。

「妙に気疲れした一日だったぜ」

種市は言って、自分の肩を交互にとんとんと叩いた。

「又次さん、教えてください」

澪はずっと疑問に思っていたことを尋ねる。

「あのお侍は篠《ささ》の搔い敷がどう、と言ってましたが、どういう意味なんですか?」

又次は黙って握り飯を頰張っている。

「又さんはきっと、説明が苦手なんですよ」

どれ、あたしが替わりに謎解《なぞと》きをしましょうかねぇ、と、りうは湯飲みを置いた。

「下馬先《げばさき》で働いていた頃に聞いたことなんですがね、切腹の前には篠の葉を搔い敷にして、昆布の帯と塩を肴にお酒を呑ませるのが作法なんだそうですよ」

　ああ、と芳と澪は同時に声を洩らした。

　りうは首を振り振り、こう続ける。

「お侍だってひとの子ですからねぇ、本当は腹など切りたくもないでしょうよ。だから篠の葉の掻い敷は禁忌《きんき》だし、昆布や塩を肴にするのを避けるんです」

　なるほど、と澪は又次の機転に感心しつつ、りうに教えを請うた。

「でも、りうさん、どうしてでしょう。宝船も同じ昆布で作りましたけど、お武家さまに喜んで頂けたはずです」

　りうはふぉっふぉっと笑って、再び湯飲みを手に取った。

「船形に仕立てて、宝船だなんて縁起の良い名前をつけたら、そりゃあもう別物だからですよ。あれを帯のまま出していたら、こっちだって幾つ命があっても足りゃしません」

　すっぱりと言って、りうは美味《お》しそうにお茶を啜った。

「胡瓜《きゆうり》といい、昆布といい、何と難儀な……」

　芳は軽く頭を振り、澪は澪で重い吐息をついた。

「けど、今夜は又さんのおかげで本当に助かったぜ。俺には、あんなに気持ちよく二本挿しを叩き出すなんて技はなかったからよぅ。又さんが居りゃあ百人力よ」

店主は神妙に言って、又次に首《こうべ》を垂れてみせた。


散り桜花が風に吹き寄せられて、神保小路《じんぼうこうじ》の片側だけが薄赤い。土の側を選んで歩いて、桜に心が向かないまま春を過ごしてしまったことを思う。毎年、蕾《つぼみ》から落花までその花の移ろいを愛《め》でるのに、今年は試練が重なって桜を慈《いつく》しむ余裕もなかった。

弥生半ばを過ぎても、やはり澪の嗅覚は削がれたまま。その間に源斉の診察を二度受けたが、回復の兆候は見られなかった。

件《くだん》の侍の一件以来、店主は又次を一層頼りにし、又次の料理の腕もますます冴《さ》えるばかりだ。機転も利き度胸もある料理人の、その自信に満ちた包丁仕事は、目を見張るものがあった。又次は何かと澪を気遣ってくれるのだが、澪はつい、洗いものや下拵えばかりを率先してするようになっていた。

匂いも味もわからない料理人など、最早《もはや》、つる家に必要ないのではないか。

俎橋を渡りながら、重い溜息《ためいき》が洩れた。

いけない、と頭を振る。

そんな情けないことでどうするのだ、と卑屈な己《おのれ》を叱責《しっせき》する。

気を取り直して、ふと、顔を上げた時、橋の袂に何者かが佇んでいるのが目に入った。向こうも澪に気付いて、組んでいた腕を解く。藍の上田縞《うえだじま》に、同じく茶の上田縞を羽織り、立ち姿も堂々とした初老の男だ。

「一柳の……」

日本橋柳町の名料理屋、一柳の店主、柳吾《りゅうご》だったのである。

「つる家の主と料理人には話を通してあります。一緒に来なさい」

有無《うむ》を言わさず、俎橋を戻り始める。数歩歩いて、澪がついて来るかどうか、確かめるように振り返った。仕方なく、澪は柳吾に従って、橋を再び渡った。

川沿いを十二町（約一・三キロメートル）ほど歩いて、三河町に辿り着くと、柳吾は一軒の店の暖簾を潜った。店構えだけでは何の商いかわからず、澪は躊躇《ためら》いながらもあとに続いた。

中に入れば棚一面に器が並べられており、食器を商う店と知れた。番頭《ばんとう》らしき男がふたりを丁重《ていちょう》に迎えて、奥へと誘《いざな》う。

「ここは私が懇意にしている瀬戸物商です。今日は無理を言って場所を借りたのですよ」

十畳ほどの客間に通されて、ふたりきりになると、柳吾は脇の風呂敷包みに手を伸ばした。包みを解けば、中には丸皿が二枚。

「手に取ってご覧なさい」

すっと差し出されたものを、澪は恐る恐る両手で持ち上げた。天満一兆庵《てんまいっちょうあん》では短い間だが、道具出しを任されたことを思い返す。一枚は白地の薄い皿、もう一枚は白地のざらついた分厚い皿。もしや高価なものなら、と怖気《おじけ》づく。

ひと通りみて、風呂敷に置こうとすると、柳吾の厳しい声が飛んだ。

「もっとよく見るのです」

仕方なく、澪は薄い方を手に取り、陽に透かしてみた。

これは、石もの、と呼ばれる石の粉で焼かれたものだ。試《ため》しに指で柔らかく弾《はじ》くと、澄んだ高い音がした。厚い方に替えて、表面を撫でる。ざらついた土の味わいが手に心地よい。これは土もの、と呼ばれる粘った土で焼かれたものだ。軽く握った拳《こぶし》で優しく叩くと、案《あん》の定《じょう》、鈍い音がした。

石ものは春夏が似合い、土ものは秋冬のものだ。それぞれに何を盛り付けたら料理が映《は》えるだろうか、と澪はじっと考えた。

蒸し茄子《なす》を重ねて盛ろうか、それとも魳《かます》の筒焼はどうか。色々と考えて、澪はあることに気付いた。

丸皿に盛りつけるのは、存外難しいのだ。

つる家では角皿を用いることも多いし、意識したことはなかった。だが、この大きさの白い丸皿にきちんと盛り付けようとすると、かなりの努力を要する。夢中で考えるうち、澪の眉間《みけん》に皺が寄った。

「どうです」

男の声に、澪ははっと我に返った。

柳吾が穏《おだ》やかな眼差しで澪を見ていた。

「何かわかりましたか」

問われて澪は、恥じらいながら答えた。

「この器が何処《どこ》で焼かれたものか、何という名を与えられているか、わかりません。ただ、丸皿に何を盛り付けるか、実はとても難しい、ということを考えていました」

娘の答えに、柳吾の口もとがわずかに綻《ほころ》ぶ。

「これほどまでに、器をじっと眺めたことはなかったのでは？」

「はい。初めてです」

思えば、天満一兆庵の嘉兵衛はよく、じっと器を手にとって長い刻《とき》を過ごしていた。

澪は一度たりとも、つる家の食器をそうして眺めたことはない。安価な器だから、と思う気持ちがあったことは否《いな》めない。

「盛り付けで大切なことは、その器の声を聞くことです。安い器だから、と粗雑に扱うようでは、何時《いつ》まで経《た》っても料理人としての成長はありませんよ」

こちらの考えを見透かしたような柳吾の言葉に、恥ずかしさのあまり澪は身を縮める。不思議と、亡き嘉兵衛に叱《しか》られている想いがした。

器を風呂敷に戻し、柳吾は澪に向き直った。

「今月の初め、芳さんが一柳に私を訪ねて来られました」

澪は、あっと思う。

種市が翁屋へ直談判に行った同じ日、芳もまた、何処かへ立ち寄った様子だった。あの時に違いない。

でも、何故、一柳の店主を芳は頼ったのだろうか。

澪の戸惑いを余所《よそ》に、柳吾は落ち着いた声で続けた。

「匂いと味がわからないのは、料理人にとっては確かに試練でしょう。だが、鼻と舌が眠っている間に、すべきことはあるはずだ」

すべきこと、と澪は繰り返した。

そうです、と柳吾は頷く。

「才があって才に溺れるのは愚。だが、才があって才を生かさぬのは、さらなる愚。これまであなたに随分と厳しい物言いをしたのは、その愚を心底口惜《くちお》しく思ったがゆえです」

柳吾は、じっと澪の双眸を見つめて続ける。

「あなたがつる家の料理人で居る限り、先の望みはない、と、そう決めてかかっていました。だが、あなたは先ほど、『もっとよく見よ』との私の助言を受け、器を叩いてその音を聞き、撫でてその感触を確かめた。器に何を盛り付けようか、と考え悩んだ。鼻と舌以外で料理への理解を深めようとした。その姿を見て、嘉兵衛さんが何故、あなたに天満一兆庵の再建を託したのか、理解しました。その姿勢を失わない限り、たとえ何処に身を置こうとも、また何が起ころうとも、必ず道は拓《ひら》けるでしょう」

思いがけない言葉に、澪は視界が霞《かす》むのを感じた。畳に両の手をつき、深く頭を下げる。

これまで、柳吾からの厳しい指摘に幾度となく叩きのめされた。だが、その発言の背景には、柳吾なりの深い思いがあったのだ。

芳の訪問を受けてもすぐには顔を出さず、澪にとって最も良い時期を見計らって、その才を試《こころ》みる機会を設《もう》けてくれた。柳吾の思いが汲み取れて、澪は胸を熱くする。

芳もまた、そうした柳吾の人となりを見極《みきわ》めた上で相談に出向いたに違いなかった。

お礼の言葉が見つからず、澪はただ頭を下げ続けた。柳吾がそっと立ち上がり、部屋を出ていく気配を感じても、襖が閉じられたあとも、澪は顔を上げることが出来なかった。


明日は弥生最後の三方よし、という日の昼下がり。

客足の途切れたつる家の入れ込み座敷に、ふきの弾んだ声が響き渡った。

「伊佐三《いさぞう》さんたちがお見えです」

「何だあ、伊佐さんと誰が来たって?」

賄《まかな》いを食べていた店主始め、つる家の面々は入口へと急いだ。

「旦那さん、お言葉に甘えて、親方をお連れしました」

華やいだ声を上げるおりょうの後ろから、親方は、伊佐三に背負われたまま、つる家の暖簾を潜る。

卒中風《そっちゅうふう》のあと、順調に快復している、と聞いていたが、親方の顔色は今ひとつ優《すぐ》れない。そればかりか、まるで覇気《はき》がなかった。

種市はそれには触れず、さあさあ上がってくんな、と伊佐三の先に立って、入れ込み座敷へと通した。壁に近い席に親方を下ろすと、伊佐三は一刻（約二時間）ほどしたら迎えに来るから、と言い残して仕事場へ戻った。

「澪ちゃん、又次さん、済まないねぇ」

調理場へ顔を出したおりょうが、両の手を合わせる。

「常日頃、食べ易い料理を、と頑張っちゃいるんだけど、何せあたしの腕だろう？　親方の食がめっきり細くてねぇ。あんまり申し訳なくて、今日はふたりにうんと美味しいものを作ってもらいたいのさ」

ああ、と又次は大きく頷いた。

「親父さんから話は聞いてるぜ。食べ易くて精の付くものを拵えさせてもらう」

又次の心強い言葉を聞いて、おりょうは安堵の表情をみせた。

卒中風のあと、右腕の動きが今ひとつのようなので、匙で食べられるもの。嚙み易く、飲み込み易いもの。思いつく限りの知恵を出し合って、又次と澪は調理にかかる。出回り始めた蚕豆《そらまめ》を柔らかく茹《ゆ》で、裏漉《うらご》しにしてすり流しに。いずれも細かく刻んだ具を入れた茶碗蒸し。柔らかめに炊いたご飯はふわりと握って擂り胡麻を塗《まぶ》す。

「桶だ、桶を貸してくんな」

種市が転がるように調理場へ現れたかと思うと、桶を手に表へ飛び出した。じきに意気揚々《ようよう》と戻ると、ほらよっと桶の中身を示す。

「まあ、鯛《たい》」

澪は思わず、ぱんと手を叩いた。

この季節ならではの、美しい桜色の鯛だった。

「丁度この前を、棒手振りが通りかかったのさ。親方に食わしてくんな」

店主から桶を受け取ると、又次は眩《まばゆ》そうに鯛に見入った。

「こいつぁ見事だ。『焼き』だな、澪さん」

「ええ。塩焼きにして、身を解《ほぐ》しましょう」

ふたりの料理人は半刻ほどかけて、丁寧に丁寧に、心を込めて全ての料理を作り上げた。

「親方、どうしたんです？」

食事半ばで匙を置いた姿を見て、おりょうは狼狽《うろた》えた。

「食べ始めたばかりじゃありませんか」

「済まねぇな、もう入らねぇんだよ」

親方は溜息混じりに応えると、左手で膳を押しやった。

俵の握り飯は辛うじてひとつ。茶碗蒸しはひと匙。解した鯛の身も、ほんの慰み程度に箸がつけられただけ。すり流しに至っては器に触れてさえいない。

又次と澪は落胆の色を隠せない。

その様子に気付いたのだろう、親方はもう一度、済まねぇな、と詫びた。

「気にすることなんざ、ありませんよ」

その場を和らげるように、りうがにこにこと言った。

「食べたくない時は無理しないのが一番です」

そうだな、と親方は低く呟いた。

「食うことが愉《たの》しい、ってのを忘れちまったみてぇなんだ。情けねぇことによ」

親方のひと言が、澪の胸に重く響く。

匂いを失って以来、澪もまた、食べることを愉しいとは思えなくなっていた。匂いもなく、味もなければ、何を口にしても決して美味しくはない。努めで食べる食事の何と味気ないことだろう。

迎えに来た伊佐三に背負われて親方が帰ったあとも、親方の先の台詞《せりふ》は、澪の胸に何時《いつ》までも残った。

焼いて身を解したあとの鯛は、賄《まかな》いに回される。骨に残った身をこそげ取るうち、澪の頬が緩んだ。折らないよう慎重に、骨の一部を抜き取る。

「はい、ふきちゃん」

傍らの少女に、抜き取った骨を差し出した。

掌に載せられた鯛の骨をじっと見つめて、ふきは目を丸くする。

「澪姉さん、この骨、鯛の形に見えます」

確かに、その白い骨は、丸い目と立派な尾を持つ鯛の姿に似る。

ええ、と澪はにっこり笑った。

「鯛中鯛《たいちゅうのたい》、と言うのよ」

ほう、と種市も目を細める。

「良かったな、ふき坊。そりゃ縁起物だ。身に着けておくと賭《か》け事で儲《もう》け……いや、その、何だ、幸せを招き寄せる、ってな」

咳払《せきばら》いを挟んで店主が言うのを、皆は笑いを噛み殺しながら聞いた。

「鯛ってなぁ実に贅沢《ぜいたく》な魚なのさ。『鯛の九つ道具』というほど、身体の中に一杯道具を詰め込んでるからな」

又次が独り言のように呟くと、道具？　と繰り返して、ふきは小首を傾げた。

ああ、と又次は頷き、箸と指とを使って骨を注意深く外し始める。

「この三本が、鎌と鍬《くわ》と斧《おの》。これが鯛石《たいせき》。こっちが大きい龍で、こっちは小さい龍だ。言われてみりゃあ、そう見えるだろう」

ふきが目を輝かせ、又次の手もとを覗き込む。自然、残りの大人たちも皿の周囲に吸い寄せられた。

「ほら、又次さん、そこ」

脇から覗いて、澪は中骨から少しずれた辺りを指し示す。箸で残った身をこそげると、瘤《こぶ》のように膨《ふく》らんだ骨が現れて、おっ、と又次が嬉しそうな声を洩らした。

「こいつぁ珍しい。鳴門骨《なるとほね》だな、澪さん」

「ええ」

澪もにこにこと頷いてみせる。

何ですねぇ、とりうが口を窄めた。

「料理人だけでわかる話をしてないで、あたしたちにも教えてくださいな」

済みません、と小さく詫びて、澪は丸く膨らんだ骨を示す。

「謂《いわ》れについては本当かどうかわからないのですが、阿波《あわ》の鳴門の激流を泳ぎきった鯛にはこんな瘤が出来るので、これを鳴門骨と呼ぶんです。滅多にない骨で、天満一兆庵ではこれを『鳴門の力瘤』と呼んでました」

ほんに懐かしおます、と芳も深く頷いた。

「この力瘤が見つかると、うまいこと商談がまとまる、いうて旦那衆には喜んで頂けました」

なるほどねぇ、とりうは感嘆の声を洩らした。

「鯛ってのは魚の殿さまですから、そう気軽に口に出来るものじゃありませんが、たまに食べるのに鯛の九つ道具を探しながら、というのは楽しいかも知れませんねぇ」

りうの何気ない言葉が妙に耳に残り、澪は骨だけになった鯛をじっと眺めていた。


つる家は、常は六つ半（午後七時）に暖簾を終うが、「三方よしの日」は酒を出すこともあり、五つ（午後八時）まで商いを続ける。弥生最後の「三方よしの日」、そろそろ五つ、という頃になって最後に暖簾を潜ったのは、意外なことに源斉だった。

「こりゃまた、珍しい」

酒を呑まない源斉が「三方よしの日」に顔を出したことに店主は喜び、さあさあ、と調理場へ医師を引っ張っていく。

往診に紛《まぎ》れて昼も未《ま》だ食べていない、と聞き、又次は蕗《ふき》と油揚げの汁を装い、木の芽を掌でぽんと叩いて吸い口とした。

「鰈《かれい》が焼けるまで、ちょいとこれで凌《しの》いでくんな」

差し出された椀を両手で持ち、ほかほかと温かな湯気に顔を寄せると、源斉は目を閉じて息を深く吸い込んだ。

「良い香りです」

「源斉先生も顔を見せてくれたし、とっとと暖簾を終っちまおう」

店主が上機嫌で言った時、座敷から戻った芳が、旦那さん、と呼んだ。

「今日の料理をお気に召したお客さんから、料理人へ、とお心付けを頂いてしもたんだす」

手渡された小粒《こつぶ》を見て、種市は、こいつぁいけねぇ、と声を洩らした。

「又さん、顔を出して礼を言った方が良い。俺も一緒に行くから」

又次は困惑した顔のまま、澪にあとを任せて前掛けを外した。

澪とふたりきりになると、源斉は箸を置いて、

「木の芽の香りはしませんか？」

と、問いかけた。

澪はいいえ、と短く答えて頭《かぶり》を振り、一夜干しの鰈を返すために七輪の前に蹲《うずくま》った。

暫《しばら》くの間、鰈《かれい》の脂《あぶら》が落ちて、じじっと鳴る音だけがしていた。

ほどよく炙れた鰈を皿に載せ、源斉のもとへ運ぶ。

源斉が箸を置いたままなのを見て、澪は熱いうちに、と鰈を勧めた。

何か気の利いた話題を、と思うのだが、なかなか浮かばない。そうするうちに源斉は鰈をきれいに平らげて、食事を終えた。お茶を啜る源斉の横顔を見ていて、ふと、親方のことが頭を過《よぎ》った。

「昨日、卒中風のあと、あまり元気の出ないかたに昼餉をお出ししたのですが」

澪は源斉に、その日の献立や親方の様子について語った。

源斉は時折り、問いかけを挟みながら熱心に耳を傾ける。話を聞き終えると、暫く考え込んだあと、口を開いた。

「ひとの身体には、病に打ち勝つ力が潜《ひそ》んでいるように思います。治ろう、とする自然の力を後押しするのが医師の役割かも知れない。あまり手を貸し過ぎては駄目なのです」

医師の本意を捉えかねて、澪は両の眉を下げた。

その様子に、源斉は口もとを綻《ほころ》ばせる。

「食べ物を嚙む力がない、とか、飲み込む力が弱い、というのなら、擂り潰したり細かく砕いたり、とろみを付けたりするのはとても大切なことです。でも、親方はそうではない。右手の動きが鈍いから箸を扱うのが苦労でしょうが、刻をかければご自身で、ちゃんと嚙んで飲み下すことが出来るはずです」

その力が備わっているのにも拘《かかわ》らず、常に歯ごたえの無い、柔らかなものばかりが続いたら、食事が苦痛になるのではないか。また、刻がかかっても箸を使って食事をすることで、腕の動きも徐々に鍛えられるだろう、と源斉は語る。

「嚙むことはとても大切なのです。見極めは非常に難しいのですが、手を貸し過ぎては本人の治ろうとする力を削いでしまう」

医師の言葉に、澪は自らの目を見開かされる思いがした。

確かにそうだ。健《すこ》やかな歯と胃の腑を持っているのに、そう嚙まずとも済む柔らかな料理ばかり続いたなら、苦痛に違いない。また、本人の望むように食べてこその食事なのに、匙を使うことを強《し》いてしまっては、食べる愉しみを奪うに等しい。

何とかして、食べる愉しみを親方に思い出してもらえたら……。

そのために何が出来るのか、澪はじっと息を詰めて考えた。

「澪、何ぞ考えごとだすか？」

その夜、火を消すために灯明皿《とうみよう》を手にした娘が、そのままじっと思案に暮れているのを見かねて、芳は声をかけた。二度、三度と名を呼んだが、振り返る気配もない。ぽん、と背中を優しく叩いて、漸《ようや》く芳は澪を振り返らせることに成功した。

「さいぜん（先ほど）から何を考えてるんや？」

問われて、澪は躊躇《ためら》いがちに口を開く。

「この間、りうさんから言われたんです。鯛の九つ道具を探しながら食べたら楽しいだろう、と。例えば親方に、刻をかけてでも鳴門骨や鯛中鯛を探しながらゆっくりと食べてもらうのはどうか、と思ったんです」

ああ、と芳が両の手を軽く合わせた。

「それはええ考えや。ほな、粗炊《あらだ》きだすな」

「はい。粗炊きの方が扱い易いですので」

澪の返事に芳は目を細める。

「懐かしいこと。鯛の粗炊きは、子供に箸使いを覚えさせるのに丁度ええのや。せやから佐兵衛《さへえ》にもよう食べさせました。まだ幼かったさかい、『何でお造りやのうて、粗炊きばっかり』とえらい泣かれてしもて」

息子の名を口にしたあと、芳はわずかに哀しい表情を見せた。どれほど待っても、佐兵衛は未だにつる家を訪ねては来ないのだ。

気遣う視線を向ける娘に、小さく首を振ってみせると、芳は口調を改めた。

「どうせなら親方だけや無《の》うて、同じようなひとにも試してもろたらどやろか。あとは鯛の粗をどないするかやなぁ」

「はい」

それが一番の問題だった。澪は迷いつつも、刺身屋をあたってみようかと思っていることを告げた。

故郷の大坂には無く、江戸に出て初めて知った商いに、刺身屋がある。鰹《かつお》や鮪《まぐろ》の類《たぐい》が多いが、魚を刺身にして安価に売るのだ。

「鯛の刺身を売るところを探して、粗を安く譲ってもらおうかと思います」

澪の考えを聞いて、芳は暫く考え込んだ。

「それやったら、ちょっと私に考えがおます。何とか、心当たりをあたってみますよって、任せときなはれ」

翌日、頃合いを見計らって、澪は源斉から聞いた話と自身の考えとを、店主と料理人に伝えた。

「なるほど、その医者の言う通りかも知れねぇな」

又次は感心した顔で頷いて、言葉を足した。

「腕が良いのは知っちゃあいるが、そこまで親身に患者の身になって考えられるってのが凄《すご》い。粗炊きで道具探しってぇのは、俺ぁ良い考えだと思うぜ」

対して、店主は困ったように首を捻った。

「そいつぁ、確かに面白いとは思うぜ。けどよぅ、親方ひとり分ならまだしも、五人前なり十人前なり、献立に取り入れようってんなら、粗を手に入れるのは随分と骨折りだ」

刺身屋で鯛を扱う者を見たことも無いし、と店主は言う。

やっぱり無理なのか、と落胆して澪は肩を落とした。

思わぬ展開があったのは、それから数日経った昼餉時、店が最も込み合う頃のことだ。勝手口の外から「ごめんよ」と声がかかった。見れば、額にねじり鉢巻き、尻端《しりはし》折《よ》り姿の若い男が、俎板《まないた》を載せた桶を手に、戸口に立っている。

「何か？」

と、澪が問えば、男は、

「見てくれと臭《にお》いでわからねぇのか。こちとら魚屋よ」

と、日本橋の魚問屋を名乗って、何かを探す素振りを見せる。

慌てて澪が笊を渡すと、男はそこに桶の中身を空けた。

「こ、こいつぁ……」

笊を覗き見て、店主は瞠目《どうもく》した。

桜色の頭を見れば、見事な真鯛の粗だ。三枚に下ろした残りだろう、中骨に薄く身が付いて、贅沢にも五尾《び》分。ふたりの料理人は戸惑って互いの顔を見合った。

「一体、誰がこれを」

去りかけるところを捉《つか》まえて店主が問えば、男はぶっきら棒に答えた。

「上得意の一柳さんの口利きよ。粗でも買い手に不自由はしねぇが、ほかでもない一柳さんの頼みとありゃあ断れねぇんだ。そろそろ鯛も旬《しゅん》を外れちまうが、あと十日ほどは毎日持って来られる。代も値引きさせてもらうんで安心してくんな」

ご寮さんや。

ご寮さんが一柳の旦那さんに頼んでくれはったんや。

澪は芳を呼びに、入れ込み座敷へと急いだ。

落とされた頭は二つ割にし、ほかも食べ易いように包丁を入れる。熱湯で霜降りにし、水に取って鱗《うろこ》や汚れを手で丁寧に取り除く。こうして下拵えが済んだ粗を鍋に並べ、酒と味醂を注いで火にかける。又次が興味深そうに脇から覗き込んだ。

「酒と味醂で先に煮るのか。俺は煮立てた煮汁で一遍に炊いちまうんだが」

「ほかの煮魚は私もそうします。ただ、鯛の粗炊きはこうすると一層美味しくなるように思います。又次さん、お砂糖を入れて、暫くしてからお醤油で味を入れてもらえますか？」

澪に言われた通りの手順で、又次は味を入れた。あとは落とし蓋《ぶた》をして、煮汁が無くなるまで煮つける。

「良い匂いがするぜ」

鼻をくんくん鳴らしながら店主が顔を出す。

澪は、棚の隅に置かれた丸皿を手に取った。鯛の粗炊きは、きっと丸い皿が似合う。出来上がった粗を装い、木の芽をぱんと叩いてあしらう。飾りのない淡黄の丸皿は、案の定、艶々と照りの良い粗炊きを美しく、何より美味しそうにみせてくれた。匂いも味もわからずとも、目から「美味しい」が伝わった。

こりゃ堪んねぇぜ、と種市は大きく喉《のど》を鳴らす。

「夕餉時まで少しある。お澪坊、悪いがひとっ走り、親方んとこへこいつを届けてくんねぇか。俺からの差し入れだと言ってな」

店主の言葉が終わらぬうちに、又次が重箱を手に取った。

親方の住まう竪大工町《たてだいくちょう》は、八ツ小路《やつこうじ》から少し南へ下った辺《あた》りにある。りうの息子の孝介の口入屋《くちいれや》も、それに坂村堂が店を構える神田永富町もわりに近い。そこに暮らして長いのだろう、近辺で家を問えば、大きな柚子《ゆず》の樹《き》が目印だ、と教えてもらえた。

台所が近いのか、塀の奥から味噌汁の匂いがしているのだが、澪にはわからない。

声をかけようとした時、後ろから袖《そで》をぐいっと引っ張られた。

「太一《たいち》ちゃん」

そこに太一を見つけて、澪はにこにこと笑顔になった。少し会わない間にまた背は伸び、幼子《おさなご》から少年の面差《おもざ》しになっていた。手習いの帰りか、風呂敷包みを手にした太一は、澪の袖を握ったまま、勝手口へと導く。

「おやまあ、澪ちゃんじゃないか」

七輪の火を操《あやつ》っていたおりょうが、驚いて腰を伸ばす。

澪は重箱を示して、夕餉をお持ちしました、と明るく告げた。

膳の上に、まだ温かい鯛の粗炊き。

戸惑う親方に、澪は箸を差し出した。お箸はまだ無理だよ、と割って入ろうとするおりょうを制して、澪は穏やかに言った。

「ゆっくりで良いんです。鯛の粗には道具が一杯隠れているので、それを探しながら召し上がってください」

「道具って、一体何のことだい、澪ちゃん」

おりょうに問われて、澪は襟《えり》に挟んだ紙を引っ張り出した。折り畳んだ紙を開くと、中から鯛中鯛や鳴門骨が現れた。太一が鯛中鯛に目を止めて、瞳を輝かせている。

「鯛の九つ道具だな」

それまで黙っていた親方が、ぼそりと呟いた。

「懐かしい。死んだ女房が『大工に道具はつきものだから』と、縁起を担いで正月には塩焼きを用意してくれたもんだ。鍬《くわ》だの鎌だの、大工道具でも何でもねぇのによ」

どれ、と親方は自分から手を伸ばして、澪の差し出す箸を取った。指が思うように開かず握り箸のままだが、何とか身をせせり始める。おりょうが顔をくしゃつかせて、澪に手を合わせた。


その日の夕餉時、残る四尾分の粗を使って又次が拵えた粗炊きは、珍しさもあってすぐに売り切れた。

だが、意外なことに、お客の評判は思わしくなかった。

「いや、確かにこいつぁ旨いんだがな」

あるお客は、難しい顔で皿を押しやった。

「俺みてぇなせっかちには向かねぇ料理よ。何より、粗炊き、てぇ貧乏臭《くせ》ぇ名前も気に入らねぇしな」

大分と身を残したまま返されるのが堪らず、澪は使わなくなった割籠《わりご》に入れて、

「どうぞお持ち帰りください。器に移してお湯を注《さ》せば、美味しいお出汁《だし》が楽しめます」

と、勧めた。

渋々持ち帰るお客の姿に、澪はぐっと唇を嚙み締める。

「まぁ、親方が喜んでくれたようだから、それで良しとしようぜ、な、お澪坊」

そう慰めて、種市は澪の肩をぽんぽん、と叩いた。

思いがけず事態が好転したのは、その翌日のことだった。

まず、朝早く、おりょうが重箱を返しにつる家を訪れたあたりから変化の兆《きざ》しはあ

った。

「あれから親方はゆっくり、ゆっくり、鯛の九つ道具を探しながら粗炊きを食べてくれてねぇ。あたしゃもう、嬉しくて嬉しくて」

おりょうは洟《はな》を啜って、懐から書付のようなものを取り出した。

「太一がね、親方が取り出した骨を、こんな風に絵にしたんだよ」

渡されたものを開いてみて、澪は、まあ、と驚きの声を上げた。鯛中鯛、鎌、鍬、斧。鯛石、鍬形《くわがた》、大龍《だいりゅう》、小龍《こりゅう》。それぞれ形が鮮明に描写されている。鳴門骨など欠けている道具もあったが、見事な出来映えだった。

思えば、四年前に太一を知った時から、石で道端に絵を描く姿をよく目にした。あの頃から絵の才を育《はぐ》んでいたのだろうか。澪は感嘆の溜息をついた。

「太一ちゃん、すごいですね」

「ほんに、よう描けてること」

傍らから覗いて、芳も感心した様子で目を見張った。

暫くじっと絵に見入って、芳は、ぽんと両の手を打ち合わせた。

「どないだすやろ、この絵ぇを目の前に置いて、お客さんに道具を探しながら食べて頂く、いうのんは」

この提案に、店主とふたりの料理人は、揃って頷いた。

絵があった方が良いんなら、とおりょうはにこやかにこう提案する。

「人数分、そろえた方がよかありませんか？　だったら、太一に描かせますよ。せっついて、きっと夕方までに届けるようにしますから」

おりょうが帰るのと入れ違いに、中年の女が空《から》の割籠を手に勝手口で案内を乞《こ》うた。聞けば、昨夜、粗炊きを持ち帰ったお客の女房だった。

「長患《ながわずら》いで箸を持つのも嫌がっていた舅《しゅうと》が、鯛の身を食べたい一心で、久々に起き上がって箸を手に自分で食べてくれましてね。同じものをもう一度、分けてもらえませんか」

そう言って、深く頭を下げた。

つる家の面々は互いにそっと目交《めま》ぜし、頬を緩めあう。

割籠を受け取って、店主が取り置きを約束すると、女は大層喜び、幾度も礼を繰り返した。

「又さん、お澪坊、俺ぁ考えたんだが」

女が帰ったあと、種市は料理人ふたりに、こう切り出した。

「俺ぁ、鯛の粗炊きを、親方やあのおかみさんみてぇなひとに注文してもらいてぇのさ。いや、鯛の粗がふんだんに手に入るなら、何もそんなことを思やしねぇよ。けど、せいぜいが五人前くらいしか用意出来ねぇなら、本当に要《い》るひとに食ってもらいてぇのさ」

店主の願いに、ふたりの料理人は深く頷いてみせた。

「おい、表の貼り紙、ありゃなんだ」

日暮れ時、夕餉を食べにつる家の暖簾を潜ったお客たちは、不服そうに口を尖《とが》らせた。

「『粗炊き　ただし病を払うためのみ』ってなぁどういうわけだ。元気な者には食わせねぇってのかよ」

調理場からは何とも旨そうな甘辛い煮付けの香りが漂い、誰もが腹を空かせている。貼り紙を見て苛立つのも無理もないことだった。

りうは膳を運びながら、さらりと応える。

「数に限りがあるんですよ。滋養があるんで、出来れば、身体の弱ったひとにこそ食べて頂きたいんですがねぇ」

大抵のお客はりうの説明で納得したのだが、それでも食べてみたがる輩《やから》からは苦情が出た。

「こんな良い匂いさせやがって。畜生め、こっちは客だ、銭を払うから黙って持ってきやがれ」

調理場でその声を聞いた澪が釈明のために座敷へ行こうとするのを、又次が無言で制した。座敷にはりうも芳も居るから任せておけ、とそのきつい眼が語っている。

おいでなさいませ、とふきの声に迎えられ、新たなお客がつる家の暖簾を潜ったのは、そんな時だった。

「澪、座敷を見てみなはれ」

注文を通しにきた芳に言われて、間仕切りから様子を窺う。

まあ、と澪は声を洩らした。

昨夜、食べ残しの粗炊きを割籠に詰めて持ち帰った男が、父親を連れて夕餉を食べに来たのだ。朝、割籠を手につる家を訪れたおかみさんの顔が思い浮かんだ。

「割籠を待ちきれんて言わはって、息子さんに背負われて、店まで食べに来はったそうや」

ありがたいことやなぁ、と芳はしみじみと言った。

鯛の粗炊きを丸皿に装うと、おりょうが届けてくれた太一の絵を添えて、澪は自身の手で入れ込み座敷へと運んだ。七十を幾つか過ぎた老人が、中年の倅《せがれ》に支えられ、やっとのことで座っている。昨夜のこともあり、ばつが悪いのだろう、倅は澪を見ないまま、父親に箸を持たせた。澪は袂《たもと》から手拭いを引っ張り出して、老人の胸もとへかける。そうして太一の絵を膳の前に広げて置いた。

「何だ、そいつぁ」

初めて、倅が澪を見て問うた。

澪は、鯛中鯛、鍬形、と絵を指し示す。

「鯛の粗には、こんな風に色々な道具が隠れているんです。どうぞこの道具を探し当てるつもりで、ゆっくりとお召し上がりください」

その遣《や》り取りに興味を持ったのだろう、お客たちが遠巻きに三人を眺めた。老人の震える箸が鯛の粗を捉え、じれったいほど刻をかけて少しずつ少しずつ身を剝がしていく。箸が胸鰭《むなびれ》の下へ潜り込んだ時に、老人が、おや、という表情になった。指も用いて、あたりを念入りに弄《まさぐ》った。

「ほうれ」

鯛の形をした小さな骨を、戦慄《わなな》く指で摘まみ上げて倅に示すと、老人は顔をくしゃつかせて笑う。その満面の笑みを見て、中年男は胸を突かれたような表情になった。

老人は手にした鯛中鯛を絵の上に置くと、また、ゆっくりゆっくりと鯛の身をせせりだす。

傍らでその様子を見守っていた倅は、

「今朝、嬶《かかあ》も話してたが、こんな嬉しそうに物を食う親父を見るのは久しぶりだぜ」

と、呟いた。そうして手の甲で洟を拭うと、澪に向き直る。

「昨日は貧乏臭いなんて言っちまって済まなかった。こいつぁただの粗炊きじゃねぇよ、道具探し、否《いや》、道具じゃねぇな」

男は言葉を切って、絵の上に並べられた骨に目をやった。

「福……そうだ、福探しだ」

福探し、と繰り返す澪に、男は深く頷いてみせる。

「そうとも、こいつぁ福探しだ。食う愉しみを親父に思い出させてくれた、大した料理だ」

ありがとよ、と頭を下げられたが、澪は胸が一杯で声が出ない。

匂いがわからず、味もわからず、料理人としてどうすれば良いかと悩み続けた日々。こうして食の愉しみを思い出してもらえる料理を供することが出来た。そのことがただ、ありがたかった。

潤《うる》み始めた双眸《そうぼう》をそれと悟られぬように、一礼して退いた。調理場へ引き上げようとする澪を、引き留めるお客が、ふたり。

「済まねぇが、あの料理を持ち帰《け》ぇりてぇんだ。めっきり食が細くなったお袋に食わせてやりてぇのさ」

ひとりが両の手を合わせると、

「俺んとこは嬶よ。まだ若ぇのに、卒中風のあと、箸使いに不自由してるんで、家で存分に福探しをさせてやりてぇんだ」

と、残るひとりも拝んでみせた。

「絵も添えて、割籠にお詰めしますね」

澪がそう応えていると、背後から罵声が飛んだ。

「本当に病人に食わせるかどうか、わかりゃしねぇ。だったら俺にも同じものを食わしやがれ。銭を払うから文句は言わせねぇぜ」

酒が入っているのか、赤らんだ顔で男は怒鳴り続ける。

見かねたのだろう、その腕を隣席のお客がぐいっと引っ張った。何しやがる、と口論になりかけたところを、別のお客が諫《いさ》める。

「『相身互《あいみたが》い』ってのは、何も一本挿しばかりじゃねぇぜ。数が限られてんなら、病人に食わせて元気になってもらうのが一番だろ」

そうとも、と見知らぬ同士が揃って頷いた。

こうして、用意した粗炊きは、それを必要とするお客のもとへ、ひとつ、またひとつと運ばれていき、最後のひとつも、家で待つ老いた親に、という男の手に渡った。

「つる家はお客に恵まれましたねぇ」

割籠を大事そうに抱えたその最後のお客を送り出した時、りうは、つくづくと洩らした。

ああ、と種市が言い、芳も静かに頷いた。

皆が店の中に引き上げたあとも、澪と又次は暫くそこに佇《たたず》んで、遠ざかる提灯の火を見送っていた。

ふたりの頭上には、柄杓《ひしゃく》の形の星が傾いて輝いている。視線をずらせば、控えめに淡い黄色の光を投げかける星があった。それこそが天の中心となる心星だった。心星は、強い輝きを放つ星々に隠れながらも、確かにそこに在《あ》って、眼下の料理人たちを見守っている。

最後のお客の提灯の明かりが、俎橋の彼方《かなた》の闇に消えてしまうと、又次は初めて、良かったな、と低く呟いた。

「一陽来復《いちようらいふく》だな、澪さん」

短い言葉だが、そこには、このひと月近く、澪の料理人としての苦しみを傍《そば》で見ていた又次なりの、労《いたわ》りの気持ちが溢れていた。

「一陽来復……」

澪は小さく繰り返して、天上の星を仰いだ。

心星は、長い冬の終わりを告げるように、密《ひそ》やかに慎《つつ》ましく、瞬き続けている。

夏《か》天《てん》の虹――哀《かな》し柚《ゆ》べし

大鍋で、皮付きの筍《たけのこ》がくつくつと茹《ゆ》でられている。

糠《ぬか》と鷹《たか》の爪《つめ》とを足した湯に、先端を斜めに落とされた太い筍がぷかりと浮かぶ姿は何とも愛嬌《あいきょう》がある。先刻から、店主の種市《たねいち》は鍋を覗《のぞ》いてその太い身を、指でつんつんと突《つつ》いていた。

「俺が餓鬼《がき》の頃は、筍といやぁ真竹《まだけ》だったんだが、今はこいつを見ると『ああ、夏だ』と思うようになっちまった」

誰に言うでもなく呟《つぶや》くと、種市は調理台の方を見た。

昼餉《ひるげ》用の献立《こんだて》の準備は整い、あとは暖簾《のれん》を出すのを待つばかり。又次《またじ》は水を汲《く》みに出て、澪《みお》ひとり、何やら作業をしている。

気になって、娘の肩越しにその手もとを覗けば、筍の皮の産毛《うぶげ》を包丁の背でこそげ、内側を上にして、種を抜いた梅干をひとつ置いている。そうして梅干を包むように、端から三角に折り畳んでいく。娘の作ろうとしているものの察しがついて、種市は、嬉《うれ》しそうに目を細めた。

「お澪坊、良いものを作ってるじゃねぇか」

水汲みから戻った又次も、三角の形に整えられた竹皮を見て、ほう、と頬《ほお》を緩《ゆる》める。梅肉を、筍の身に近い柔らかな皮で包んだものは、年寄りから子供までが大好物の初夏のおやつだ。要は梅干なのだが、竹皮の香りが爽《さわ》やかで、どうにも癖になる味わいなのだ。

「まあまあ、何て嬉しいこと」

調理場へ顔を出したりうが、頂きますよ、と断るや否《いな》や、出来たばかりの筍の皮の三角包みにさっと手を伸ばした。

中の梅干を指先で揉《も》んでから、三か所の角の好きなところに口を付け、ちうちうと吸う。最初は難儀するのだが、やがて根負《こんま》けして梅干が少しずつ溶けて滲《にじ》みでる。

「この三角が綺麗《きれい》な紅に染まるのが、また楽しみでねぇ」

すっぱそうに口を窄《すぼ》めるりうを見て、店主は小さな声で傍《かたわ》らのふたりに囁《ささや》いた。

「見てみな、梅干が梅干を食ってやがる」

まあ、と澪は呆《あき》れ、又次は右手を拳《こぶし》に握り、口にあてた。男の握り拳に、おっ、と怯《ひる》んだ店主だが、しげしげと眺《なが》めれば、強面《こわもて》の料理人は頬を朱に染めて笑いを無理にも封じているのだ。

やがて堪《こら》えきれずに、又次は、はっはっはと声を上げて笑い出した。

又次を知って三年、初めて耳にする朗笑《ろうしょう》だった。

おやまあ、とりうが皺《しわ》に埋もれた両の眼を見開いて驚いている。種市と澪も、何があったのか、と視線を交《か》わし合った。

又次の笑い声はまだ止《や》まない。それは心《しん》から愉《たの》しげで、何の屈託もない明るさが、傍《そば》にいる者までをも幸せな心持ちにさせる。釣られてりうがふぉっふぉと笑い、種市も負けじと肩を揺らせた。

「えらい愉しそうやこと」

二階座敷の掃除を終えた芳《よし》が、にこやかに調理場に戻った。

続いてふきも、調理場があまりに賑《にぎ》やかなのに驚いたのか、土間の奥からそっとこちらを窺《うかが》っている。

「おっ、ふき坊、良いところへ来た」

筍の皮の包みを、店主はひょい、と下足番《げそくばん》に差し出した。

ふきの顔がぱっと輝く。三角のそれを手に取ると、大きな前歯を使って、皮を扱《しご》くように梅干を絞りだす。よほど酸っぱかったのだろう、目をきゅっと瞑《つぶ》って耐えるその姿が何とも愛らしい。大人たちは互いに目交《めま》ぜし、微笑《ほほえ》み合う。

澪も、うふふと笑い声を洩らしながら、ああ、確かに時が過ぎたのだ、と思う。冬、小松原《こまつばら》との別れがあり、春、匂《にお》いを失い、澪自身にも澪を取り巻く周囲にも常《つね》に何処《どこ》かしら影が付きまとっていた。けれども、今、ここには健《すこ》やかな笑いが溢《あふ》れている。未《いま》だに匂いも味も感じ取る力は戻らないけれど、こうして明るい気持ちで前を向いている限り、きっと大丈夫だろう。そう信じられることが何よりも、ありがたかった。

かっつを！

かっつを！

朝焼けの名残《なご》りの空の下、初鰹売《はつがつおう》りの威勢の良い声が響いている。表通りを飛ぶように行くのだろう、姿は見えず、声のみだった。水を汲む手を止めて、澪は、ああ、季節だわ、と耳を澄ませて売り声に聞き入った。

卯月《うづき》に入り、筍が出回れば、次は初鰹。種市ではないが、「ああ、夏だ」と感じる食材の登場には、やはり心が弾《はず》む。

「悔しいねぇ、ここらは素通りだよ」

「そりゃそうさ、卯月五日で値はまだ三分《ぶ》。あたしらみたいな裏店《うらだな》暮らしにゃ、逆立《さかだ》ちしたって買えやしない」

井戸端で、洗い物の手を止めて、おかみさんたちが軽口を叩《たた》き合っている。

「三分……」

その値を聞いて、澪は深く溜息《ためいき》をついた。もう一分足せば小判一両になる計算だ。

「俎板《まないた》に　小判一枚　初鰹」という句があるが、まさにその通りの初鰹の値だった。

「ほんと、溜息も出ちまうよねぇ」

顔馴染《かおなじ》みのおかみさんが、澪に頷《うなず》いてみせる。

もう十日もすれば値は下がるからそれまで待つか、あるいは刺身屋で切り身にしたのをほんの形ばかり買うか。庶民は庶民で悩ましい初鰹なのだ。

江戸に暮らして四年。江戸っ子にとって、初鰹を買う、というのはつまり、心意気を買うことなのだ、ということがわかるようになった。まだ匂いも味も戻らないけれど、今年こそ江戸っ子の真似《まね》をして、刺身屋で少しばかり買ってみようかしら、と澪は思案しながら腰を伸ばした。

俎《まないた》橋を渡るひとびとの足取りは、晴れ晴れとして軽《かろ》やかだ。

つい先日まで寒さに震えていたはずが、今は早足で歩けば汗ばむほど。身に着ける着物も、重い綿入れから袷に替わり、足袋《たび》も外《はず》れた。目に映る新緑も眩《まばゆ》い。良い季節だわ、と澪は爽やかな川風を身に受けて、俎橋を渡った。

「あら」

つる家《や》の勝手口に繋《つな》がる路地に入ろうとして、足を止める。戸口で、店主と男が何やら押し問答をしているのだ。男は、と見れば、神田御台所町に店があった頃からの馴染みの魚屋だった。

魚屋は種市を懸命に拝み倒す。

「頼む、この通りだ、つる家の旦那」

「悪いが、勘弁してくんな」

桶《おけ》を挟んでの遣《や》り取りは、どうにも深刻そうで、澪は脇をすり抜けることが出来ずに、表へ回り、入口から土間伝いに調理場へと入った。

「おっ、今朝も早《はえ》えな」

あいなめに包丁を入れていた又次が、顔を上げて澪を見た。

「又次さん、あれは」

目線で店主と魚屋とを示す澪に、又次は低い声で応《こた》える。

「手違いで初鰹の引き取り手が居なくなっちまったんだと。少し値引きするからつる家で引き受けちゃもらえめぇか、ってな」

まあ、と澪は改めてふたりを見た。

「後生《ごしょう》だよ、助けると思って」

魚屋は、種市に両の手を合わせてみせた。

「これ以上置いたら、もう売り物にならねぇよ。それに俺《おら》ぁ刺身屋じゃねぇんだ、小分けして売るんじゃぁ魚屋の名折れよ」

「けどなぁ、三分ってなぁ辛《つれ》ぇよ。うちは御大尽《おだいじん》相手の商《あきな》いじゃねぇんだ」

店主は頭《かぶり》を振っていたが、視線を感じたのだろう、後ろを振り返った。

「何だ、お澪坊、来てたのかい」

はい、と澪はばつが悪そうに頷いて、店主越しにこちらを見ている魚屋に、お早うございます、と頭を下げた。

種市は暫《しばら》くじっと考え込んでいたが、思いきったように、

「よし、俺も江戸っ子だ、一本置いていきな」

と言った。

「親父《おやじ》さん」

「旦那さん」

ふたりの料理人が同時に引き留めるのに、良いってことよ、と店主は軽く首を振った。

「さすが旦那だ。初鰹は縁起物、つる家はますます商売繁盛《はんじょう》さ」

魚屋は言い置いて、空《から》になった桶を抱えて跳ねながら帰っていった。

高い初鰹を扱うことに戸惑《とまど》いつつも、澪は棚から器《うつわ》をあれこれと取り出す。

初鰹のお刺身を盛るなら、地模様《じもよう》のない松葉色の丸皿だろうか。それとも黒の方が映《は》えるかしら。鰹を捌《さば》くのを又次に任せて、あれこれと悩む。柳吾《りゅうご》に言われて以来、毎日、器を見る習慣が身についた澪だった。

「身割れしてねぇし、確かに良い鰹だ」

調理台に置かれた鰹をしげしげと眺めて、又次は店主に提案する。

「この大きさなら、一人前をたっぷりにすりゃあ八人分。少なめにすりゃあ倍の十六人分、取れるぜ。十六人分の刺身にするとして、一人前を二百文《もん》にすりゃあ、かつかつ利が出る」

「又次さん、でもそれは」

あんまりだ、と言いかけて澪は口を噤《つぐ》んだ。世間の相場と店の利益とを考えれば、そこがぎりぎりの線だと理解したからだった。だが、平素の昼餉だと、二十文から三十文ほどの料理を出す店が、いきなり二百文、それも刺身だけでその値というのはどうだろうか。

気を揉む澪の思いを察したのか、種市は、いや、と又次に首を振ってみせた。

「又さん、俺ぁこの鰹、銭を取らねぇで出そうと思うのさ」

店主の言葉に、料理人は目を剝《む》く。

まぁ聞いてくれよ又さん、と店主は続けた。

「初鰹ってなぁ縁起物だろ？　たとえ紙切れみてぇにぺらぺらの刺身ひと切れだろうと、今この時期に口に出来りゃあ自慢になるし、『初鰹を食った』ってことで気持ちに張りも出る」

去年から今年にかけて、つる家は随分とお客に心配をかけた。色々あっても、今は変わらずに暖簾を潜《くぐ》ってもらえる有《あ》り難《がた》さ。ほんの心ばかりの礼がしたくなった、との店主の言葉に、又次は、なるほどなぁ、と頷いた。

「献立の一品ではなく、あくまで店からのお裾分《すそわ》けってことにするわけだな。よし、それなら腕によりをかけて薄く切ってみせるぜ」

料理人の台詞《せりふ》じゃねぇがな、と又次はほろ苦く笑った。

あいなめの煮付け、炊き立ての白飯。熱々の根深汁、沢庵漬け。それに青磁色の小皿に載った何か。

その日、昼餉を食べるためにつる家を訪れたお客たちは、まずは、あいなめの煮付けに歓声を上げた。箸《はし》を手にして漸《ようや》く小皿に目が行き、おや、と首を傾《かし》げる。

「何だ、こいつぁ。随分と薄いが……」

そこには極《きわ》めて薄く削《そ》がれた赤い刺身が二片。薬味として芥子《からし》が添えてある。この季節、芥子を添えて食す刺身と言えば、あれしかない。

ざわついていた座敷が一瞬、しんとなった。

「違《ちげ》え無《ね》え、こいつぁ確かに初鰹だ」

ひとりが呻《うめ》いたことから、店内は騒然となった。

「何てこった、俺ぁこんなもん頼んじゃいねぇぜ。この店はいつから打手繰《ぶったく》りをやらかすようになりやがった」

「俺たちが初鰹を気前よく食える面《つら》かどうか、客を見てから出しやがれ」

まあまあ、と種市は両腕を大きく広げて、声を張り上げた。

「こちとら、そんなさもしい心根《こころね》は端《はな》から持ち合わせちゃいねぇよ。今日は思いがけず初鰹の良いのが一本、手に入ったんだ。滅多とあることでなし、ここに居るのを幸《さいわ》い、皆で食っちまおうって算段さね」

店主の言葉に、お客らは疑わしげに互いの顔を見る。

「ってことは、何かい」

中のひとりが、小皿を高く掲《かか》げた。

「こいつのお代は取らないってことなのか」

問いかけに、店主は大きく頷いてみせる。それで安堵《あんど》したのか、お客たちは改《あらた》めて膳の上の幸福をじっと眺めた。紙のごとく薄い刺身だが、正真正銘、初鰹なのだ。恐る恐る箸をつける者、嚙《か》み締めて目を閉じる者、どのお客もこの日に初鰹を口に出来る喜びを満喫《まんきつ》しているのが窺えた。

「せっかくのあいなめの立場が無《ね》ぇな。鰹よりもよっぽど手間がかかるってのによ」

間仕切りから座敷の様子を見ていた又次が、苦笑している。

本当に、と澪もくすくすと笑った。

又次の包丁の技で極《ごく》薄く削がれた初鰹は、その日、昼餉を食べるためにつる家の暖簾を潜ったお客全《すべ》てに何とか行き渡った。

「この江戸広しといえど、早々と今年の初鰹にありつけた指物師《さしものし》もそうは居るまいよ。暫くは、ちょいと自慢させてもらうぜ」

そんな風に言って意気揚々と帰るお客を見送って、つる家の店主と奉公人は、何とも満ち足りた気持ちになった。

「全《まった》くもって許し難《がた》い」

八つ半（午後三時）を過ぎ、ほかに客の姿もない一階の入れ込み座敷に、あの男の声が響き渡っている。

「この店では今日、ただで初鰹の刺身を振る舞ったそうではないか。なのに、わしの食う分が、ひと切れたりとも残っておらぬとは」

全くもって許し難いぞ、と男は大声で怒鳴り続ける。

また戯《げ》作者《さくしゃ》の癇癪《かんしゃく》が始まった、とつる家の面々は首を竦《すく》めて怒りが過ぎるのを待った。頼みの綱のりうは、二階座敷のお客に捕《つか》まっているらしく、なかなか下りて来ないのだ。

「まあまあ、清《せい》右《え》衛門《もん》先生」

泥鰌髭《どじょうひげ》を撫《な》でながら、坂村堂《さかむらどう》が穏《おだ》やかに呼びかける。

「初鰹なら、すでに版元《はんもと》の平林堂《へいりんどう》さんと山青堂《さんせいどう》さんから先生のもとへ届けられた、と伺《うかが》っていますよ。今年はもう充分に召し上がったのではありませんか」

版元にさりげなく諌《いさ》められたものの、へそを曲げた戯作者の機嫌は直りそうもない。

その時、座敷の隅《すみ》に控《ひか》えていた又次がぬっと立ち上がった。

強面の又次が自分に向かってくるのを見て、清右衛門は怯んだ。以前、又次が清右衛門を殴りつけて失神させたことを思い出し、店主と澪は腰を浮かす。

皆の不安をよそに、又次は戯作者の脇をすり抜けて調理場へと消える。再び戻ってきた時には、手に盆を持っていた。

「何だ？　これは」

差し出された盆の上には、艶《つや》やかな黒小鉢《こばち》。中に何かを煮付けたものが入っている。

訝《いぶか》りつつも、戯作者は箸を取った。

「む」

口に入れてひと言。目を閉じたまま、味に気持ちを添わせるように咀嚼《そしやく》している。

ううむ、とまたひと言。わざと苦々しい顔をしているが、その実、非常に気に入っていることがわかった。坂村堂の問いかける視線を受け、又次は口を開いた。

「初鰹の肝《きも》と心《しん》の臓を、生姜《しようが》とともに甘辛く煮付けた品です。初鰹を食った、と自慢する輩《やから》は多いでしょうが、この珍味を口にしたことのある者はそうそう居ませんぜ」

なるほど、と坂村堂は膝《ひざ》を打つ。

「肝も心の臓も、一本につきひとつずつ。確かにこれほど貴重なものはありません。清右衛門先生はお宝を口にされたわけですね」

版元の言葉に、戯作者はふんっと大きく鼻を鳴らした。だが、その機嫌がとうに直っていることは、偏屈《へんくつ》な戯作者との付き合いに馴染んできた一同には容易に察しがついた。

その清右衛門、珍味を口に出来たことがよほど嬉しかったのだろう、坂村堂に命じて心付けを料理人に渡し、大威張りで引き上げる。謡《うた》う夜《よ》もすがら、と小謡を朗々と謡いながら去っていく戯作者を澪とふたりで見送って、やれやれ、と版元は首を振った。

表通りに注ぐ陽光は、麗《うら》らかな春の陽からきらめく夏の陽へと変わっていた。清右衛門の姿が見えなくなっても、版元と料理人は陽射しの心地良さに、少しの間、その場に止《とど》まった。

そういえば、と坂村堂は傍らの澪を見た。

「又次さん、でしたよね。あの料理人は随分と感じが違ってきましたねぇ。以前はひとを拒《こば》むところがあったのに、今は温かみが出てきたというか……」

ええ、と澪は口もとを綻《ほころ》ばせる。

つる家に住み込んでひと月以上が過ぎ、又次は確かに変わった。相手を斬《き》りつける に似た鋭い眼差《まなざ》しは消え、顔つきも柔らかい。何より声を上げて笑うようになった。

「とりわけ、料理が素晴らしい。つる家で澪さんに替わって責任を負う立場になり、一気に料理の才が開花したのでしょう。料理の腕も立つ、気風《きっぷ》も良い。彼は後の世に名を残す料理人になるかも知れません」

又次を褒《ほ》められて、澪は嬉しくなった。

温かく微笑む澪を見て、坂村堂は躊躇《ためら》いがちに問うた。

「澪さん、匂いはまだ？」

「ええ。何の匂いもわからなくて。味付けも全て又次さんにお任せしています」

澪が答えると、坂村堂は、そうですか、と気の毒そうに視線を逸《そ》らした。版元が澪を慰《なぐさ》めるための言葉を探しているのを察して、澪は軽く頭を振った。

「匂いと味がわからないのは、料理人にとっては確かに試練だけれども、鼻と舌が眠っている間に、すべきことはあるはず——あるかたにそう忠告されました」

眠っている間にすべきことを、と繰り返して、坂村堂は視線を澪に戻した。

はい、と澪は頷く。

「その言葉を頂いたからこそ、私は焦《あせ》らずに自分に出来ることを積み重ねていこう、と考えられるようになりました。そうでなければ、焦りばかりが増して、消えてしまいたい、と願っていたと思います」

心は常に振り子のごとく、希望と失望の間を行き来する。それでもその言葉に出会ってからは、希望の方へ、より多く気持ちを寄せられる。

澪の言葉に耳を傾けて、坂村堂はじっと考え込んだ。長い長い沈黙のあと、

「あなたにその忠告をしたのは誰か、私にはわかります。受ける側が聞く耳を持っているのは、忠告をした側にとっても幸せなことです。あなたの素直《すなお》さが、羨《うらや》ましい」

と、寂《さび》しげに呟くのだった。

つる家が昼餉に初鰹の刺身をただで振る舞ったことが噂《うわさ》となり、翌日には、それを目当てに暖簾を潜る者が現れた。しかも、それまで一度たりともつる家を訪れたことのなかった者が、初鰹を食わせろ、と捲《まく》し立てるのだ。

わけを話して引き取ってもらうのだが、よかれと思ってしたことが波紋を広げてしまい、店主は少なからず落ち込んだ。

その日も、暮れ六つ（午後六時）過ぎにそんな客が続いて、種市は萎《しお》れた。

「嫌《いや》な世の中になっちまったなあ」

「親父さん、気にするこたぁねぇぜ。何処《どこ》にでも、ひとの思いを簡単に踏みにじる輩《やから》は居るからな」

又次に慰められて、種市は、そうだな、と疲れた顔で頷いた。そうして自ら気を取り直そうとしてか、

「お客も居なくなったことだし、今夜はちょいと早終《はやじま》いにして、ご寮《りょん》さんたちを送りがてら、三人で湯ぅにでも行くとするか」

と、もちかけた。

提灯《ちょうちん》を手に、芳と澪、又次、ふきと種市の五人で店を出て、俎橋の方へ。橋の袂《たもと》で別れると、種市たちは中坂へと向かった。

澪と芳は俎橋の中ほどで揃《そろ》って足を止め、飯田川沿いを行く提灯を眺めた。

黒い大きな影。背中の丸まった影。ぴょんぴょんと跳ねる小さな影。大きな影が小さな影ふたつを守るように、ゆっくり歩いている。

通り過ぎる通行人の提灯の火が、寄り添う三人の姿を薄く照らした。

種市が又次に何か話しかけ、又次は腰を落として耳を傾けている。愉しい話なのだろう、ふきの笑顔が垣間《かいま》見《み》えた。

「何や仲のええ親子のようやなあ」

芳の呟きに、こっくりと澪は頷いた。

皐月《さつき》になれば、又次は翁屋《おきなや》へ戻らねばならない。その日を思い、澪はきゅっと唇を引き結ぶ。

又次にこのまま、つる家に居てもらえたら。

しかし、それが許されるはずもないのだ。やるせなさに、澪は小さく息を吐いた。


卯月も半《なか》ばを過ぎると、男児の居る家は、身分の上下を問わず来月の端午《たんご》の節句の用意に奔走《ほんそう》することとなる。神保小路《じんぼうこうじ》にも、出番を待つのか菖蒲《しょうぶ》の鉢植えが並んでいた。皐月の五日には菖蒲で屋根を葺《ふ》いたり、軒《のき》に挿したりして、邪気《じゃき》を払い、子の健《すこ》やかな成長を祈るのだ。

「まあ、可愛《かわい》らしい」

蒲《がま》の穂に似た形の、菖蒲の花に目を止めて、澪はほのぼのと笑む。

花菖蒲の艶《あで》やかな紫の花と違い、葉菖蒲の花は慎《つつ》ましく、目立たない。その替わりに葉菖蒲はその葉の強い芳香《ほうこう》で悪気《あっき》を追い払い、病《やまい》を蹴散《けち》らす。澪は恐る恐る葉に顔を寄せて、匂いを嗅いでみた。

やはり駄目か。

ふう、と長い吐息が洩れて、葉菖蒲の花を不用意に揺らせた。ごめんね、と澪は花に手を添えて詫《わ》び、すっと背を伸ばす。両の腕を軽く広げて、深く息を吸った。大丈夫、と自身に言い聞かせ、顔を上げた。

俎橋を渡り、つる家の勝手口に続く路地に入った途端《とたん》、又次の声がした。

「包丁はこう持って、ここに刃先を入れる。そうだ、ふきは筋《すじ》が良い」

何をしているのかしら、と不思議に思い、澪はそっと戸口から中を覗く。又次がふきに出刃《でば》を持たせて、魚を捌く練習をさせている様子が窺えた。

「料理人の血が流れてるからか、短《みじけ》ぇ間に随分と上手《うま》くなったもんだ。出来ればもっと容易《たやす》いことから手順を踏んで教えてやりてぇが、もう刻《とき》が無《ね》ぇ。残りの仕込みも難儀だが、しっかりついてくるんだぞ」

良いな、ふき、と言われて、ふきは真剣な顔でこくんと頷いた。

ふたりの真摯《しんし》な様子に、心《しん》の臓をぎゅっと摑《つか》まれた思いがして、澪は音を忍んで勝手口から離れる。

翁屋伝右衛門《でんえもん》との約束は、ふた月。皐月の三日には、又次は翁屋へ戻らねばならない。それまでに又次はふきに料理の手ほどきをしようとしている。あの様子では、仕込みを始めた頃から教えていたのだろう。

いつかはちゃんと、と思いながら、これまで忙しさにかまけて、ふきにきちんと料理を教えることを怠《おこた》ってきた。又次はそれを見越して、ふき自身のため、そして澪のためにも、ひと通りのことを教え込もうとしてくれているのだ。又次の料理人としての器量の大きさに、澪は改めて胸を打たれた。

「お、お澪坊」

仕入れから戻ったのだろう、路地の奥から種市が呼んでいる。

「今朝は源斉《げんさい》先生んとこへ寄ってから来るはずだったろ？　ちゃんと診《み》てもらったんだろうな」

種市は澪に歩み寄ると、心配そうに尋ねた。

澪は双眸《そうぼう》が潤《うる》んでいるのを悟られまいとして笑顔を作り、はい、と頷いてみせた。

店主はほっと安心した顔を向ける。

「そうかい、そうかい、で、源斉先生は何て？」

「取り立てて何も……。日にち薬なので焦らないように、とだけ」

澪の答えに、種市はわずかに肩を落とした。それでも何とか澪を慰めたかったのだろう、その腕をぽんぽん、と軽く叩くと、

「さあ、今日も一日、よろしく頼むよ」

と、温かな声で言った。

初めてつる家を訪れるお客は、軒下を通る時に必ず、ぎくりと足を止めて頭上を仰《あお》ぎ見る。風通しが良く、かつ確実に日陰となる軒下には、晒《さら》し布巾《ふきん》に包んだ塊《かたまり》が五つ、ぶらんと紐《ひも》で吊るされている。さらにその奥、軒の隅には、燕《つばめ》が巣を作っていた。

「随分と賑やかな軒下だな」

塊の正体もわからず、燕に糞《ふん》をかけられても堪《たま》らないから、とお客は下足番が捲《めく》った暖簾の中に逃げ込むのだ。

晒しに包まれた中身は、味噌《みそ》を詰めて蒸した柚子《ゆず》だった。陰干《かげぼ》しされてから、すでにふた月。風に晒せば晒すだけ旨《うま》くなる、との又次の言葉を守り、まだそのままにされている。

燕の巣は、よく見ると下に台が打ち付けられて、糞が地面に落ちない工夫が施《ほどこ》されていた。そもそもは、燕のつがいが、せっせと藁《わら》を口に咥《くわ》えて運び、同じ軒に巣を作り始めたのが弥生《やよい》の末。目ざとく見つけた又次が、お客の出入りの邪魔になるから、と卵を抱く前にその巣を叩き落とそうとした。だが、

「燕は商売繁盛の証《あかし》てぇことだし、見逃してやろうぜ、又さん」

との店主のひと言で、燕に軒を貸すことになったのだ。糞が落ちないように、と細工《く》をしてくれたのは伊佐三《いさぞう》だった。

「あら」

店開け前、表通りを掃く箒《ほうき》の音がふいに止《や》んだのが気になって、澪は路地から表へ回った。ふきが軒下に蹲《うずくま》っているのが見えた。

「ふきちゃん、どうかしたの？」

「あ、澪姉さん」

ふきは立ち上がって、これを、と手の中の物を澪に示す。

白地に焦《こ》げ茶の斑入《ふい》りの、小さな卵の殻だった。

「まあ」

澪は歓声を上げて軒を仰いた。

卵が孵化《ふか》すると、親燕は殻を巣の外へこうして落とすのだ。巣を見ると、親鳥のぴんと張った尾が覗いている。

「鳴き声が聞こえません」

心配そうに呟くふきに、

「生まれたばかりだもの。まだ毛も生えてない裸ん坊だから、親鳥があぁして覆《おお》い被《かぶ》さって暖めているのよ」

と、教えて安心させた。

「澪姉さん、物知りです」

感心するふきに、澪はただ黙って微笑んだ。

水害で流されてしまった懐かしい家にも、毎夏、つがいの燕が巣を作りに来たことを思い出す。

燕はとても綺麗好きで、雛《ひな》が糞をすると親鳥はすかさずそれを巣の外へ捨てる。それゆえに塗師《ぬし》だった父伊助《いすけ》はあまり喜ばなかったが、燕は吉祥《きちじょう》の運び役、というのが、亡くなった母わかの口癖だった。親子三人で燕の巣立ちを見守った日々が胸に蘇《よみがえ》り、白湯《さゆ》を飲んだあとのように、心がほんのりと温かい。

雛の誕生が良いことの兆《きざ》しに思われて、澪は熟《つくづく》と巣に見入った。

「翁屋の旦那との約束で、又さんを来月三日に帰すことになっちゃいるんですがね」

卯月最後の「三方よしの日」の朝、店主は神棚に手を合わせると、何やら切々と訴《うった》え始めた。

「三日と言えば、三方よしですぜ。翁屋の旦那もそこはそれ、一日くれぇ延ばしてくれたって罰は当たらねぇと思うんですがねぇ」

　鰺《あじ》を捌く手を止めずに、又次が呆れ顔で言う。

「親父さん、相手を誰だと思ってんだ。『亡八《ぼうはち》』てぇ異名《いみよう》で呼ばれる廓《くるわ》の主《あるじ》なんだぜ。一日だってまかりゃしねぇよ」

　けどよう、と種市は振り返って、口を尖《とが》らせた。

「よりにもよって皐月最初の『三方よしの日』に、つる家の調理場に立たせずにそれっきり、てぇのはあんまりだ」

　店主の台詞《せりふ》が引っかかって、澪は剝いていた蚕豆《そらまめ》を置いた。

「旦那さん、それきりって……。又次さんは来月三日に翁屋へ戻っても、また『三方よしの日』ごとに来て頂けるんですよね？」

　澪の問いかけに、店主と又次は気まずそうに顔を見合わせる。嫌な予感がむくむくと胸に湧《わ》きあがり、澪は両の眉《まゆ》を下げながら、ふたりを交互に見た。

「翁屋の伝右衛門さんは、つる家に戻った私のために、ご自身の好意で又次さんを『三方よしの日』に寄越してくださったはずです。それはふた月の約束とは別じゃないんですか？」

「お澪坊に、最初にちゃんと話すべきだったんだが」

種市が辛《つら》そうに、顔を歪《ゆが》める。

「つい言いそびれちまった。翁屋との約束は、ふた月の間みっちり又さんを借り受ける替わり、あとの三方よしは手助けなしにする、てぇことだった。翁屋にしても、料理番の又さんに抜けられるのは痛手だし、物事には区切りも必要だから、ってな」

すっと血の気が引くのがわかった。

青ざめた澪を見て、店主は、

「堪忍してくんなよ、お澪坊。俺だって出来れば又さんに、ずっとここに居てもらいてぇんだ。けど、又さんは翁屋の奉公人だから何とも出来ねぇのさ」

と、詫びた。

約束の日までに澪の嗅覚《きゅうかく》が戻れば、何の問題もないはず――そう踏んで、種市も又次も翁屋との約束を伏せていたのだろう。それを思うと、なおさらやるせなかった。

匂いがわからないまま、味もわからないまま、又次に去られたらどうなるのだろう。

翁屋へ戻るのは仕方ないとしても、せめて、三方よしには変わらずに来てもらえると思っていたのに。

俯《うつむ》いて、澪は再び蚕豆《そらまめ》を手に取り、鞘《さや》を外し始めた。だが、手が勝手に震えだす。

澪の震える手に目を止めて、又次が唇を解いた。

「澪さん、あんただって頭じゃわかってるはずだ。いつまでも他人にずるずる助けてもらえるもんじゃねぇぜ」

突き放した物言いが、澪の動揺に拍車をかけ、茫然《ぼうぜん》と又次を見る。

又次は、さらに続けた。

「あんたは強いひとだ。他人に際限なく寄りかかるのは似合わねぇよ」

声に情があった。

澪は言葉もなく又次の双眸《そうぼう》を見つめる。その真摯な眼差しを受け止めて、又次は澪を励《はげ》ますようにゆっくりと頷いてみせた。

その場しのぎの優しさや、曖昧《あいまい》な慰めなどではない、又次の厳しくとも温かな深慮がじわじわと沁《し》みてくる。

思えば、又次は弥生の初めにつる家へ来てから、一度も吉原《よしわら》へ帰っていない。翁屋に居る野江《のえ》のことが気がかりに違いないのに、おくびにも出さず、つる家の主《しゅ》たる料理人として働き通してくれた。否、それればかりではない。ふきに料理の手ほどきまでしてくれたのだ。

これ以上甘えたら、本当に罰が当たってしまう。

きゅっと唇を一文字に結ぶと、澪は又次に向かって大きく二度、頷いた。

二十日ほど前には目を剝くほどの高値だった初鰹も、庶民の懐《ふところ》に優しい値に落ち着いて、卯月最後の「三方よしの日」は、鰹尽くしになった。小角に切った鰹を甘辛く煮付けた一品や、柵取《さくと》りの表面をさっと炙《あぶ》って作った焼き鱠《なます》は、ことに好まれた。

「芥子《からし》で食う刺身も旨いが、こうして手をかけた肴《さかな》もまた何とも」

お客の打つ舌鼓《したつづみ》が調理場まで届いて、ふたりの料理人の包丁を持つ手にも力が入る。

「ここの料理人ふたり、どっちが欠けても駄目だぜ。親父、二度と逃げられねぇようにしなよ」

声高《こわだか》に種市に訴えるお客の声もして、その度《たび》に、そうとも、と同調する者が続いた。

「差し出口とは思うんですがねぇ」

暖簾を終ったあとで、夜食の鰹飯を頰張《ほおば》っていたりうが、箸を置いて店主に向き直った。常は皺に埋もれた両の眼が、かっと見開かれている。

「皐月の三日に吉原へ戻るんなら、又さんの居る『三方よしの日』は今日が最後だったはず。又さんを贔屓《ひいき》にしてくだすったお客さんに挨拶《あいさつ》ひとつ無し、ってのは、あたしゃどうにも得心がいきませんよ」

確かに、と芳も湯飲みを置いて加勢する気配を見せた。

「それについちゃあ俺も考えたんだがなぁ」

　種市は言って、ひぃふぅみぃ、と指を折る。

「今月は大の月だし、又さんが実際に翁屋へ戻るまで十日ほどある。別に今日でなくとも、最後の日に座敷を挨拶して回りゃあ良い」

　いや、それは、と又次は頭を振る。

「改まった挨拶てぇのが、俺ぁ苦手だ。ここを去る時も、ごたごた言わねぇで、さっと消えちまいたいのさ」

　又次さん、と芳はわずかに身を乗り出した。

「それはもう、一遍やったはずだす。同じことを繰り返しては、それこそお客さんに申し訳が立たしまへん。ひとの一生、何があるかわからんのだす。挨拶できる時に、きちんと挨拶しておくもんだすで」

　天満《てんま》一兆庵《いっちょうあん》の名女将《おかみ》だった芳のひと言には、抗《あらが》いきれないものがある。結局、皐月最初の三方よしを一日早めて、その席で又次から顧客へ別れの挨拶をすることが決まった。

　話が整うと、又次がつる家を去る日まで十日しかない、という事実が目の前に突《は》き付けられて、いきなり会話が消える。沈んだ調理場に、七輪の炭の爆ぜる音がやけに大きく響いた。

　虫食って　土食って　渋ーい
　虫食って　土食って　渋ーい

井戸の水を汲みあげていたら、頭上からそう呼びかけられて、澪は路地の細長い空を見上げた。

つる家の二階屋根の端に、一羽の燕がちょんと止まり、白い腹を見せて懸命に囀《さえず》っている。ちゅびちゅび、という鳴き声なのだが、澪は母わかに教わった聞きなしの方が耳に馴染んでいた。あれはお嫁さんを探す声だわ、と澪は微笑んだ。

そう言えば、と軒先の雛を思い出す。孵化から六日、そろそろ可愛い顔を巣から覗かせる頃だろうか。水を調理場へと運び終えたあと、澪は手を拭《ぬぐ》いながら路地から表通りに抜けて、店の入り口に出た。

すでに表の掃除を終えたのか、ふきの姿はなく、替わりに又次が腕を組んで、じっと燕の巣を見上げていた。

「見てみな、可愛いぜ」

背後の澪に気付くと、又次は顎《あご》で巣を示す。

見れば、燕の雛が三羽、そろって巣の縁に顔を載せている。顔の半分はありそうな口を閉じ、三羽並ぶさまは何とも愛くるしい。可愛らしいこと、と澪は目を細める。

「料理屋に燕の巣があるのはどうかと思ったが、悪くねぇな」

又次は言って、穏やかに笑った。

その時、じゅいじゅいと低い鳴き声がして、燕が一羽、忙《せわ》しなく羽ばたきしながら巣の傍へと飛んできた。雛たちが一斉に顔中を口にして餌《えさ》をねだる。咥えていた虫を雛にやるとさっと飛び去る。入れ替わって、もう一羽、飛来した。ぴんとはった尾羽の長さを見れば、こちらが親鳥の雄だろう。同じく雛に頭を飲み込まれそうになりつつも、懸命に餌を与える。

澪と又次は暫《しばら》く黙って、親鳥が代《か》わる代《が》わる餌を運ぶ様子を眺めていた。

「誰に教わったわけでもねぇだろうに、あんな風に親は子を育てる。燕ってなぁ偉《えれ》ぇなぁ」

又次は澪に言って聞かせるでもなく、淡々と続ける。

「俺ぁ吉原で生み捨てにされて、親の顔も知らねぇまま、廓で泥水を啜《すす》るようにして育ったのさ。これまでひとに言えねぇこともしたし、死にゃあ地獄と決めてもいた」

けれど、と又次は不意に口を噤《つぐ》んだ。

店の中からは、種市がふきを呼ぶ声がしている。それに応えるふきの声。水音がするが、あれは芳かりうが雑巾《ぞうきん》を絞っているのだろう。

又次は、ゆっくりと目を伏せる。

「父親みてぇなここの親父さん、齢《とし》から言やぁ、俺の娘みてぇなふき。それにご寮さん、澪さん、りうさん。皆に囲まれて、穏やかに暮らさせてもらった。よもや廓の外でこんな日を過ごせるなんざ、夢にも思わなかったぜ」

又次の抱え込む闇《やみ》を思い、また、今その胸に射し込む光を思う。かけるべき言葉など見つけられるはずもなく、澪はそっと視線を巣から通りの方へと移した。

俎橋から九段坂へと続く通りには初夏の陽射《ひざ》しが溢れ、吹き抜ける風が裸足《はだし》の足に心地よい。柏葉売りの笊《ざる》の中の緑が、季節の到来を告げていた。

又次もまた、顔を上げて柏葉に目をやって、あとは、と言葉を繋いだ。

「あとは、吉原の中であさひ太夫《だゆう》を守る。太夫が晴れて大門《おおもん》を出るその日まで、俺ぁ命がけで守ってみせるぜ。太夫を守り通せたなら、俺の一生、もう何の悔いも未練も無《ね》ぇ。こんな俺でも、この世に生まれた甲斐《かい》があったってもんよ」

重い台詞を、しかし、又次はからりと明るい口調で言い終えた。

ふいに明るい陽射しが翳《かげ》って見えて、澪はどうにも説明のつかない胸騒ぎを覚えた。

又次がさっさと店の中に姿を消しても、その場を動けない。

懐に手を置いて、片貝の在《あ》り処《か》を確かめる。着物の生地越しに片貝に触れると、澪は瞳を閉じて首《こうべ》を垂れた。

野江ちゃんと又次さんをお守りください。

ふたりを禍《わざわい》から遠ざけ、安寧《あんねい》の中に身を置けるようにお守りください。

澪は静かに祈った。祈らずにはいられなかった。


卯月最後の日は、生憎《あいにく》、雨になった。降り始めから雨足は強く、それが仇《あだ》で、昼餉《ひるげ》時《どき》の入れ込み座敷にも珍しく空きが目立った。

「まあ、こんな日もなくちゃな。又さん、お澪坊、今日は賄《まかな》いを早くしてくんな」

勝手口から恨めしそうに外を眺めていた店主が、諦《あきら》めた声で言った。

又次と手分けして簡素な賄いを整え、店主とりう、芳の順に声をかける。最後に、ふきを呼ぼうと澪は調理場から下足棚の方を覗いた。暖簾の外に誰か居るのだろう、ふきは暖簾を捲り、お客を迎え入れる姿勢のまま動かない。

「ふきちゃん、どうかしたの？」

ふきのもとへと歩み寄り、捲れた暖簾の外に目をやった。

そこに居る人物を見て、澪はあら、と声を洩らした。

清右衛門がこちらに背中を向けて、軒を見上げているのだ。坂村堂の姿は見えないから、今日は珍しくひとりなのだろう。

偏屈な戯作者先生でも、あの燕の雛の愛らしさには心が動いたのだわ、と微笑ましく思いながら澪は声をかけた。

「雛はまだ小さいんですが、親鳥がもう羽ばたきを教え始めたんですよ」

澪の声に、清右衛門は不機嫌そうに振り返った。

「何を言うか。中身は柚子と聞いているぞ。羽ばたきなどする道理がなかろう」

言われて漸《ようや》く、戯作者が眺めていたのは燕の巣ではなく、その手前に吊るされたものだと知れた。もとより清右衛門の目には燕の雛など目に入っていないのだろう。

清右衛門は、舌舐《したな》めずりをせんばかりに、じっと塊を注視している。

「ああして吊るされて、ゆうにふた月は過ぎたぞ。そろそろ味を見させても罰は当たらぬはずだ」

「清右衛門先生、あれはご覧の通り五つしかありませんから、大切に扱いたいと」

ええい煩《うるさ》い、と澪の言葉を途中で遮《さえぎ》って、清右衛門は怒鳴りつける。

「良いから黙って持って来い」

濡れた傘を下足番に押し付け、肩で暖簾を押しのけるようにして、さっさと座敷へと上がってしまった。

澪は両の眉を下げて、又次に知らせるために調理場へと急いだ。


口を括《くく》っていた紐を外し、晒しの布巾を広げると、中には媚茶《こびちゃ》色の塊がひとつ。見た目は何とも恐ろしげだ。もとの鮮やかな黄色を思い描いて、澪はそっと匂いを嗅ぐ。やはり芳香を感じ取ることは出来ない。

傍らで店主が、すうっと息を吸い込み、

「ほう、まだ柚子の良い香りがしてやがる」

と、感心している。

又次が包丁を手にして、ごく薄く切っていく。断面を見れば、味噌はまだしっとりとしていて、切り口の胡桃《くるみ》と松の実が模様に見える。なるほど、確かに美味《おい》しそうだ。

「ひぃ、ふぅ、みぃ、よぅ」

調理台に載せられた塊を数えて、種市が首を傾げる。

「又さんよぅ、柚子は五つ、あったはずだぜ。残りの一個はどうしたんだい？」

「まだ、吊るしたままだ」

又次はちらりと澪を見ると、平らかな声で言い添える。

「澪さんに食ってもらいてぇからな」

短い台詞には、匂いがわかるようになったら、との又次の祈りが隠れている。

店主もそれを汲み取ったのだろう、ああ、と頷いてみせた。

「残る一個は戯作者先生にどう脅《おど》されても、決して食わせやしねぇよ。お澪坊に食ってもらうから安心してくんな」

紙を搔敷《かいしき》にして、薄く切ったものがふた切れ。

「ふん」

箸で摘《つま》み上げて、鼻を寄せ、匂いを堪能《たんのう》してから口へと運ぶ。

難しい顔で咀嚼する清右衛門のことを、脇に控えたつる家の面々がじっと見守っている。

口の中のものを飲み下したのだろう、清右衛門の箸は残るひと切れへ。黙って口を動かすだけの戯作者に業《ごう》を煮やし、種市はじりじりと膝行《しっこう》して迫った。

「あっしらはまだ誰も食っちゃいません。清右衛門先生、どんな味なんです？」

途端、ぎょろりと睨まれて、ひゃっと店主は首を竦める。

ふん、と再び鼻を鳴らすと、清右衛門は澪の鼻先に空の器を突き出した。もっと持って来い、という合図なのだ。

「柚子に味噌を詰めて蒸してから干すだなんて、手間のかかる料理ですよねぇ」

お代わりを手に澪が座敷に戻ると、りうが清右衛門の湯飲みにお茶を注ぎながら話しかけていた。

「翁屋のお客に教わった料理だそうですが、又さんも料理の名前を知らないんだとか。柚子釜味噌とでも呼びましょうかねぇ」

「これだからこの店は駄目なのだ。ようもまあ、ここまで馬鹿者ばかり取り揃えたものよ」

澪から器を奪うと、清右衛門はじろりとりうを睨み、視線を店主から順に廻《めぐ》らせる。

「これは柚《ゆ》べし、と言って今から百七十年ほど前に書かれた料理書にもきちんと載っておるわ。貝原益軒《かいばらえきけん》の書にも丁寧《ていねい》に記してある。料理に関わる仕事をしておきながら、そうした書物に目を通しておらぬとは如何《いかが》なものか。全くもって情けない」

鋭い指摘に、澪と又次はぐっと俯《うつむ》いた。

安価な黄表紙とは違い、専門の知識を得るための書は異常に値が張る。一介の奉公人には到底手が届かない。その上、そうした類《たぐ》いの本は、扱う貸し本屋も少ないのだ。ただ、仮に手に入ったとしても、日々の暮らしに追われ、読み通す自信もないふたりだった。

おやまあ、とりうは皺に埋もれた目を見開いた。

「これも柚餅子《ゆべし》ですか。あたしゃ、米粉を使った棒の柚餅子しか知りませんでしたよ。さすが、清右衛門先生は博学ですねぇ」

ふん、と戯作者は鼻息で返事をし、ふたりの料理人に送るよう命じて立ち上がった。

表へ出ると、幸い、雨は小降りになっていた。

激しい雨が苦手な澪は、ほっと小さく息を吐く。俎橋まで送れ、と戯作者が言うので、やむなく、又次とふたり、傘を手にあとに続いた。

戯作者は黙り込み、暫くは雨がそれぞれの傘を優しく鳴らす音だけが続いた。

「わしは腹が立ってならぬのだ」

橋の袂《たもと》まで辿《たど》り着くと、戯作者は背を向けたまま吐き捨てる。

「料理番付からは落ちる、匂いは失われたまま。料理の知識は乏《とぼ》しく、それを補《おぎな》う手立ても持ち合わせておらぬ。そんなことで、あさひ太夫の身請《みう》けが叶《かな》うものか」

又次はぱっと傘を手放し、身を躍《おど》らせて戯作者の前へ回り込んでその肩を摑んだ。

「そいつぁ一体どういう……」

又次の腕を振り払い、清右衛門は顎で澪を示す。

「二年前のことだ。わしはその女に、あさひ太夫を身請けするよう、入れ知恵したのだ。天満一兆庵を再建し、料理でひとを呼んで四千両の身請け銭を用意せよ、と。太夫にとって、幼馴染みに身請けされるのが何よりの吉祥だとな」

衝撃のあまり歯の根が合わぬのか、又次の歯ががたがたと鳴りだした。

「あれから二年だ。二年経つのに、目途《めど》が付くどころか、事態は悪くなる一方ではないか」

清右衛門に睨みつけられて、澪はひと言もなく項垂《うなだ》れる。

清右衛門の言う通り、天満一兆庵の再建も野江の身請けも、何ひとつ道筋を見つけられずに二年を過ごしてしまった。決して諦めることはないが、自分でもいつ目途を付けられるのか、皆目《かいもく》わからない。

戯作者は視線を、項垂れた娘から自身の足もとへと移した。又次が放した傘が風で転がったのだ。身を屈《かが》めて傘を拾うと、清右衛門は、吉原の料理番に差し出した。

「先ほどの柚べし、あれを聞き取りだけで仕上げた料理の腕は、なかなかのもの。お前の力添えがあれば、何とかなるやも知れぬ」

そいつぁ無理だ、と又次は頭を振る。

「俺ぁ皐月の三日には吉原へ戻り、今後はつる家を手伝うことも無《ね》ぇ」

くくくっと戯作者は底意地悪く笑った。

「然《しか》らば、なおさら好都合。四千両もの身請け銭、市井《しせい》に身を置いてはそうそう貯まるものでなし。だが、小判の落ちるところなら、手立ては幾らでもある」

清右衛門の言わんとすることがわからず、又次と澪は戸惑って視線を交わした。それを見て、戯作者はふん、と鼻を鳴らす。

「まだわからんのか。ふたりとも、料理の腕を振るうだけでなく、たまにはここも使うことだ」

戯作者は言って、人差し指で頭を示した。わけがわからず茫然と佇《たたず》む料理人たちを残して、清右衛門は如何《いか》にも愉しげにくるくると傘を回しながら行ってしまった。戯作者の傘が中坂の方へ消えてしまっても、ふたりは暫く、その場に立ち竦む。

先に己を取り戻したのは、又次だった。

手にしたまま差さずにいた傘を開くと、澪さん、と掠《かす》れた声で呼ぶ。

「そろそろ戻ろうぜ。夕餉の仕度《したく》に間に合わねぇ」

澪はこっくりと頷き、袂から手拭いを引き抜いて又次に手渡した。又次はそれを受け取ったものの、濡れた身体を拭くこともせずに、店の方へと歩き出した。

「戯作者てぇのは、荒唐無稽《こうとうむけい》な話をするもんだ。ありえねぇよ、あんたが太夫を身請けする、なんざ……」

妙に割れた声で言って、又次は黙り込む。

表通りからつる家の勝手口へと続く路地へ入りかけ、不意に足を止めて澪を振り返った。

「けど、もし……もしも本当に」

言いかけて、又次は何かを払うように頭を振る。

微《かす》かに、遠雷が聞こえた。

暦《こよみ》が皐月に変わった。

月を跨《また》いで降った雨は、埃《ほこり》っぽい道を洗い、空に短い虹《にじ》を架けて去った。その虹の下、屋根を葺くのか軒に挿すのか、菖蒲売りから買い求めたひと抱えの菖蒲を胸に、家へと急ぐおかみさんたちの姿が目を引く。その軽やかな足取りに目をやっていた通行人のひとりが、ふと、つる家の表格子《おもてごうし》に貼り紙が出たのに気付いて立ち止まった。

「『都合により明日、三方よしの日』だと？　こいつぁ一体どういうわけだ」

その声を耳にして、足を止める男がひとり、またひとり。

入口を掃除していたふきが、忽《たちま》ち取り囲まれて、どういうことか、と問い質《ただ》される。

「料理人がひとり辞めて里に帰るので、明日はそのご挨拶も兼ねて、一日早めの三方よしにします。替わりに三日はお休みを頂きます」

店主から教わった通りに口上《こうじょう》を述べると、ふきは手にした箒《ほうき》を脇へ置き、ぺこりとお辞儀をした。それを聞いて、見知らぬ者同士が額《ひたい》を寄せ、ひそひそと話し始める。

「ひとり辞める……どっちが辞めるんだ？　年増女《としま》か？　それとも強面の方か？」

「年増の方だろうよ。性懲《しょうこ》りもなく、また悪い男に騙《だま》されて嫁に行くとか言い出したんじゃねぇのか？」

「存外、強面の方じゃねぇか。あれだけの腕だ、ほかから声がかかった、と見た」

ふきはぐっと唇を嚙み締めて、一度掃いたはずの表をまた力を込めて掃き始めた。

その日の夕方。

勝手口からひょいと顔を覗かせた人物を見つけて、澪は洗い物の手を止めた。そのひとの名を呼ぼうとしたら、黙って、という風に頭を振られ、そっと手招きをされた。

周囲を見ると、又次は料理の下拵《したごしら》えに余念がないし、りうは種市と話しながら賄いを食べている。澪は水桶を手に、静かに勝手口を抜けて出た。

「坂村堂さん、どうかなさったんですか？」

澪が問うと、坂村堂は泥鰌髭を撫でて、

「清右衛門先生はご自分の善行を隠しておきたいのでしょう。あなたにこっそりお渡しするように、と頼まれましてね」

と、風呂敷に包んだものを差し出した。

受け取って包みを開いて、澪は、あっ、と軽く息を呑《の》み込んだ。幾度も読み込まれたのだろう、少々古びた手触りの書物が何冊も。中には「料理物語」の文字も見えた。

「こちらの『料理物語』は随分と古い写本です。柚べしの記述もありますよ。『料理早指南《はやしなん》』は四巻ありますが、示唆《しさ》に富んだ実に良い本です」

どうぞお役立てください、と版元は穏やかに言った。

清右衛門と坂村堂の心遣《こころづか》いが胸に沁みて、澪は風呂敷を抱えたまま、深々と頭を下げた。

その日の深夜。

澪は芳に断って、行灯《あんどん》を引き寄せて料理書を手に取った。本膳《ほんぜん》料理のことなど、独《ひと》りでは学びきれないことが丁寧に書かれていて、夢中で読んだ。途中、ふと見れば、薄暗い中で芳が背を丸め、縫物《ぬいもの》をしている。藍色の浴衣《ゆかた》は男物のようだった。芳は澪の視線に気付くこともなく、ただ無心に針を動かし続けた。

寝不足のまま夜が明けて、又次最後の「三方よしの日」を迎えた。

調理台に並んだ食材を見て、澪は口もとを綻《ほころ》ばせる。鯵や筍、若布《わかめ》、蚕豆《そらまめ》のほか、そろそろ旬《しゅん》を外れる名残りの蕗《ふき》がどっさり。

「今日は蕗三昧《ざんまい》だ。昼餉には蕗飯、筍と蕗の煮物。夜は青煮、蕗葉の炒《いた》め煮、残ったら佃煮《つくだに》にして箸休めにして楽しんでもらうってぇ寸法だ」

親父さんに我が儘《まま》を聞いてもらったぜ、と又次は種市に感謝の眼差しを向ける。

「蕗飯って言やぁ、おりょうさんの好物でしたっけねぇ」

りうはそう呟くと、店主を見た。

「どうでしょうかね、旦那さん、おりょうさんに蕗飯を少しばかりお裾分けさせて頂けませんか？」

「ああ、良いとも。帰りにでも届けてやってくんな。あ、ついでに親方の様子が良けりゃあ何時《いつ》でも戻ってほしい、と伝えてくんなよ」

そうしましょう、とりうは頷いた。

ひと足遅れて芳が調理場へ顔を出すと、総出で蕗の下拵えに取りかかる。

一心に蕗の筋を取っているふきの横顔に、又次が時折り視線を向ける。その温かい眼差しに、最後の食材に蕗を選んだ又次の気持ちが溢れているようで、澪はどうにも切なくなった。

その日のつる家は、暖簾を出す前から表にお客が並び、店主や奉公人たちを慌てさせた。昼餉時《ひるげどき》を過ぎても、入れ込み座敷からはひとが去らず、中にはそのまま七つ(午後四時)まで待つ強者《つわもの》まで現れた。ちゃっかり坂村堂と清右衛門も紛《まぎ》れ込んでいる。

「居続けってなぁ、吉原ばかりだと思ってたぜ」

又次が何とも複雑な表情で洩らした。

七つになり、酒を出すようになると、一階の入れ込み座敷から二階の小部屋までひとが溢れた。店主も料理人もお運びも下足番も、息をつく暇もない忙しさである。

「又次さん、ちょっと手伝うておくれやす」

「又さん、次はこっちを頼みますよ」

芳とりうとが機転を利かせて、又次に挨拶の機会を与えようと、時折り膳を運ばせる。ふたりの気持ちがわかっているのだろう、又次も素直に従った。

「お前さん、国へ帰《け》えるんだってな」

「名残り惜しいが、あんたの肴が好きだったぜ」

代わる代わる声をかけられる度、又次は腰を落として「ありがとうごぜぇやす」と丁寧に礼を言う。少し前まで褒められると困った顔をするばかりだったのが、今は穏やかな笑みを浮かべている。間仕切り越しに、澪はその様子をじっと見守った。

「何だ、これは」

入れ込み座敷に、戯作者の不機嫌な声が響いた。

見れば、真っ黒に焼けた蚕豆の鞘を、気味悪そうに箸で突《つつ》いている。

「まるで炭ではないか。最後の最後にこんなものを出すとは、一体どういう了見だ」

怒鳴り散らす戯作者の隣りで、坂村堂が熱いのに耐えて鞘と格闘している。何とか鞘を外して大粒の豆を取り出すと、薄く湯気の立つそれを口に運ぶ。忽《たちま》ち、きょとんとした丸い目が、きゅーっと細くなる。噛む度にうんうん、と頷く坂村堂の様子を見て、周りのお客がごくりと喉《のど》を鳴らした。

「同じものを頼む」

「こっちもだ」

そんな声があちこちから上がり、戯作者を益々《ますます》むっとさせる。渋々、鞘を外して淡い緑の豆を口にした途端、おっ、と目を見張った。そんな清右衛門の様子に、周囲のお客が笑いを弾けさせる。

ほんの気持ちだ、と又次に小銭を押し付ける者あり、信心する神社のお守りを寄越《よこ》す者あり。明日はこの店を去る料理人のことを、心から惜しんでいるのが充分に伝わった。

「長いこと、ご贔屓頂きました」

暖簾を終うとすぐ店の表に回って、又次は帰るお客ひとりひとりに頭を下げた。最後のひとりが俎橋を渡るのを見送って、つる家の面々は店の中へ戻る。

澪は手早く蕗飯を握り、汁を温めると、夜食の用意が整ったことを皆に告げて回った。又次がまだ外に残っていることに気付いて、声をかけるために再び表へ出た。

月の落ちるのは早く、替わりに東の低い位置に天《あま》の川が横たわる。その夥《おびただ》しい星々が俎橋を暗く浮き上がらせていた。橋の袂《たもと》にじっと佇《たたず》む又次を見つける。物思いに沈むその後ろ姿を暫《しばら》く見守って、澪は密《ひそ》かに引き返した。

入口の戸が半分開いたままだったので、外から閉じておこうと手を伸ばす。何か聞こえた気がして、店の中を覗いた。薄い行灯の明かりが、下足棚の脇に立つ少女を仄《ほの》かに照らしている。賄いの蕗飯のお握りを手に、少女はもう片方の肘《ひじ》に顔を埋めている。声を殺して泣いているのだ、と悟って、澪はそっと後ろに退いた。

それぞれの寂寥《せきりょう》を胸に、皐月二日の夜は静かに更《ふ》けていった。

翌日は、真澄《ますみ》空、という言葉が似合う美しい朝になった。

飯田川沿いの町家には男児が居るのだろう、長い竿《さお》が立てられ、黒々とした鯉《こい》の幟《のぼり》がゆったりと風に泳いでいる。

ともすれば心細さで翳りだす気持ちを振り払い、澪は俎橋の中ほどで立ち止まった。空を仰ぎ、深く息を吸う。

今日、つる家を去るひとに、何の憂慮も与えてはならない――胸のうちで繰り返して、澪は、よし、と自身に頷いてみせた。

「澪姉さん」

その姿を認めて、ふきが店の前で大きく手を振っている。

早く早く、と手招きするのを見て、澪は小走りになった。

「見てみな」

軒下に控えていた又次が、目もとを和《やわ》らげて、燕の巣を示す。ふたりに挟まれて、澪は軒を見上げた。

「まあ」

小さく声を洩らすと、澪は両脇のふたりをにこやかに見て、今一度、巣に視線を戻した。

大きくなった雛が三羽、巣の縁にしっかりと足をかけて止まり、親鳥の帰りを待っている。ぽよぽよと心もとない塊だったはずが、黒く美しい羽を持つ燕の姿になっていた。わずかに丸みを帯びた身体、ふわりと柔らかな腹の白い羽毛、嘴《くちばし》のふちの白に幼さを留《とど》めるのみ。

「あとひと息で巣立ちだわ」

又次が立つ日の朝、その雄姿《ゆうし》を披露《ひろう》してくれたことに、澪は心から感謝しつつ、晴れやかな思いで三羽の雛に見入った。

「又さんよぅ、翁屋の楼主《ろうしゅ》との約束は今日の暮れ六つだろ？　なら七つにここを出りゃあ良いな。それまで、ちょっとはのんびりしてくんなよ」

何せこのふた月、休みなしにこき使っちまったからよぅ、とお茶を啜りながら店主は言う。

楼主伝右衛門の厚意に甘え、長い間、又次を借り受けた礼もあって、翁屋へは種市も同行することになっていた。

又次はというと、のんびりするどころか、自分が去ったあとで皆が困らないように、と店内のあちこちに手を入れている。

「暮れ六つってのを真に受けたら、吉原じゃあやっていけねぇぜ、親父さん」

緩《ゆる》んでいた釘《くぎ》を打ち込んで、弁慶《べんけい》を掛けなおしながら、又次はほろりと笑った。

「七つ半（午後五時）には、翁屋の台所に立っていたい。少し早いが、八つ（午後二時）過ぎには、ここを立たせてもらうつもりだ」

そうかい、と種市は目を瞬《しばたた》く。

「お澪坊、そんなわけだから、それまでに昼餉を頼むぜ。どのみち、りうさんも顔を出すだろうから、余分に拵えてくんな」

出汁《だし》を引く手を止めて、澪は、はい、と頷いた。同じ献立で野江のお弁当も拵える心づもりだった。

俵《たわら》に握ったご飯に黒胡麻《ごま》、とろろ昆布《こんぶ》。海苔《のり》を巻き込んだ玉子の巻き焼き、焼き鰈《がれい》。蚕豆《そらまめ》の翡翠《ひすい》煮《に》、蕗の佃煮。澪ひとりで味を入れ、店主に確かめてもらう。

野江を想《おも》い、心を込めて平蒔絵《ひらまきえ》の弁当箱にひとつ、ひとつ丁寧に詰めていく。今度はいつ、野江のためにお弁当を作ることが出来るかわからない。だからこそ、この料理を野江に美味《おい》しく食べてもらいたい。口にすることで、野江にわずかなりとも幸せを感じてもらえたら。詰めるごとに小さな祈りを重ねる。

お弁当の用意が終わり、昼餉の仕度も整った頃、芳とりうも漸《ようや》く姿を見せた。それぞれが風呂敷包みを抱えている。芳がこのところずっと夜なべして浴衣を縫っていたことを思い出し、澪は風呂敷の中身を察した。

「皆そろったな。それじゃあ飯にしようか」

店主の声に、奉公人一同は神妙に、はい、と応えた。

調理場の板敷に六人、膝を寄せて座り、今日は大皿に盛った料理を皆で突《つつ》き合う。又次を送る宴《うたげ》なのだが、堅苦《かたくる》しい遣り取りはなく、ただ、ふた月を共に過ごしたことへの感謝の気持ちをそれぞれが簡単に伝えあうのみ。

「滅法《めっぽう》旨いぜ、澪さん」

料理をひと通り口にして、又次は大きく頷いた。

「大勢で食う昼餉は旨くていけねぇよぅ」

店主のひと言に、調理場が笑いで揺れる。湿っぽくならず、明るく又次を送り出そう、と誰もがそう決めているのだった。

「又さん、これを持ってってくださいな」

そろそろ宴もお終い、という頃、りうは傍らの風呂敷包みを引き寄せて開いた。桟《さん》留縞《とめじま》の袷《あわせ》と、藍の浴衣。浴衣に目を留めて、澪は、ああ、と胸のうちで頷いた。

「ご寮さんと話して、お前さんに着てもらおうと思ってね。浴衣はご寮さん、袷はあたしが縫い上げたんですよ。あたしのは、倅《せがれ》のを縫い直したものですが、堪忍してくださいな」

又次は、二枚の着物を暫くじっと見つめていたが、両の膝に手を置くと、りうと芳に向かって首を垂《こうべ》れた。言葉は一切ない。だが、声にせずとも、又次の気持ちは、皆の胸に沁みた。

「さて、それじゃあ、そろそろ行こうか」

洟《はな》を啜って種市が腰を上げると、又次は黙って従った。風呂敷包みを胸に抱き、弁当箱は横にしないよう小脇に抱えると、又次は皆に送られて外へ出た。

「又次さん、旦那さん」

大きく呼ぶ声が聞こえ、俎橋の方に目を向ければ、おりょうが必死の形相《ぎょうそう》で駆けてくるのが見えた。

「昨日、りうさんから聞いたんだよ。間に合って良かった」

おりょうは荒い息を吐きながら、布巾《ふきん》のかかった笊を又次に差し出した。受け取った又次が布巾を外すと、熟した桑《くわ》の実が山盛り。

一好きかどうかわからないんだけどさ、朝から太一と一緒に摘んできたんだよ」

又次はじっと桑の実に見入っていたが、口を結んだまま、おりょうに深々とお辞儀をした。

立ち並んで見送るつる家の面々に、改めての挨拶はせず、又次は種市とともに俎橋を渡る。向こう岸に着いた時にもこちらを振り返ることはなかった。

「あっさりしたもんだねぇ。次はいつ会えるか、わからないってのに」

おりょうが寂しさの滲《にじ》む声で洩らすと、

「良い男ってのは、つれないもんですよ」

と、りうが歯の無い口を全開にして笑ってみせた。

そのまま帰るりうとおりょうとを見送ったあと、残る三人で手分けして掃除にかかる。力を入れて雑巾がけをすれば、全身から汗が滴《したた》り落ちて、じきに酷暑の夏が巡ってくることを思い知らされる。階段の最後の段を拭き終えて、澪は手の甲で額の汗を拭った。

「澪姉さん」

内所《ないしょ》を掃除しているはずのふきが、すぐ後ろに立っていた。どうしたの、と澪が問うと、ふきは手の中のものを示した。幅広の白い紐が几帳面《きちょうめん》に畳まれている。

あら、それは、と澪は首を傾《かし》げて問うた。

「もしかして、又次さんの？」

「はい、又次さんの襷《たすき》です。行李《こうり》の上に置いたまま、忘れてしまったみたいです」

ふきから受け取って、澪はそれを預かっておくべきか、追い駆けて渡すべきか、少し迷った。種市と又次がここを立ってからすでに小半刻（約三十分）は過ぎている。もう随分と向こうまで行ってしまっているだろう。

ふいに昨夜、俎橋の袂《たもと》に佇《たたず》んでいた又次の後ろ姿が脳裏に浮かんだ。

「今から追い駆けてみるわ」

言うや否や、澪は忘れ物を手に店を飛び出した。つる家でふた月の間、働いた思い出が宿っている襷なのだ。どうしても又次本人に持っておいてほしくなった。

神保小路を抜け、昌平《しょうへい》橋を渡り、御成《おなり》街道へ。時折り足を止めて息を整え、片腹を押さえながら下谷《したや》広小路。三《み》ノ輪《わ》に辿り着いた時には息が上がって倒れそうになった。二つ折れのまま、霞《かす》む目を日本堤《にほんつづみ》へと向ける。

遊里には中途半端な刻のせいか、人通りもまばらな一本道に、見慣れた大きな背中と丸い背中が連れ立って行くのが見えた。

「旦那さん、又次さん—

澪は広げた掌を頬に添えて声を張った。

ぎくりと足を止め、ふたりが揃って振り返る。

澪を認めたのだろう、又次がこちらへ駆けてくるのが見えた。

「どうした、何かあったのか」

問われて澪は荒い息遣いのまま、手にしたものを差し出した。これは、と又次は襷に目を止めて、ほろ苦く笑う。

「済まねぇが、そいつぁ、ふきに使ってもらおう、と渡すつもりでいたんだ。どさくさに紛れて伝え損《そこ》ねちまった」

無駄足をさせて悪かった、と詫びる又次に、そうだったんですか、と澪は両の眉を下げた。

「じゃあ、ふきちゃんに渡しておきますね。きっと喜びますよ」

これから料理を覚えていくふきなのだ、又次の襷は何よりの励みになるだろう。澪は又次の優しい気持ちがありがたくて、襷を大事に懐にしまった。

「お澪坊、一体どうしたんだよぅ」

遅れて種市がおたおたと駆け寄った。忘れ物の襷を届けにきた、と知って、ほっと安堵の表情になる。

「せっかくここまで来たんだ、お澪坊、大門まで付き合ってくんな。俺ぁ、翁屋の旦那に礼をするだけだし、そしたら一緒に帰れる」

店主の提案に、澪はこっくりと頷いた。

土手の分、空に近い場所を、三人はゆっくりと歩く。陽射しに仄かに朱が混じり、西天には黄昏《たそがれ》の兆しが滲んでいた。

眼下、満々と水を湛えた田圃《たんぼ》に、植えられて間もない早苗《さなえ》の淡緑が美しい。良い季節になった、と澪は風景に見惚《みと》れた。

吉原が近付くと、日本堤の両側には、廓通いの客を当て込んだ葦簀《よしず》張りの茶屋が建ち並ぶ。この刻限は商いにならないらしく、前を歩いても声をかけてくる様子もない。視界を遮られて、三人の足取りは自然、少し速くなった。

その時だ。

かんかんかんかんかん、と甲高《かんだか》い鐘《かね》の音がはっきりと耳に届いた。長閑《のど》やかな刻を打ち壊す、容赦《ようしゃ》のない連打だ。

間髪《かんはつ》を容《い》れず、又次は手にしていたものを全て放し、ぱっと土を蹴って走り出した。澪と種市は狼狽《うろた》えて、あとを追う。

「あの叩き方は尋常じゃ無《ね》ぇ」

「火もとは何処《とこ》だ」

葦簀張りから次々にひとが飛び出して、叫んでいる。

茶屋が途切れ、漸《ようや》く視界が利いた。刹那《せつな》、澪と種市は棒立ちになる。

右手奥、ぐるりを溝に囲まれた吉原遊里。その一角から黒煙が上がり、めらめらと塀を舐める真っ赤な火が見えた。

「大変だ、吉原が」

吉原が燃えてる、と大声を上げて、皆が右往左往し始めた。

又次は、と見れば、遥《はる》か先をひた走っている。

「お澪坊はここから帰るんだ」

種市は言い置いて、又次のあとを追った。種市の声で澪ははっと我に返る。下駄を脱ぎ捨て、裾を捲り上げると、澪はふたりを追った。あっという間に種市を追い越して、必死で又次を求める。背後で、お澪坊、お澪坊、と種市が悲鳴のような声で呼んでいたが、振り返る余裕もなかった。

あの場所には野江が居る。

野江が居るのだ。

塀を舐め尽くした焰《ほのお》は、溝に阻止されて行き場を失う。ほっとしたのも束《つか》の間《ま》、奥の方から火の手が上がった。火の回りは驚くほど早く、近づくにつれて焰の形や舞う火の粉《こ》がはっきりと見て取れた。

衣紋坂《えもんざか》を逆流するようにひとの群れが上ってくる。曲がりくねった五十間道《ごじっけんみち》を、我も我もと押しのけ、突き倒し、団子になって逃げ惑う。そんな中で火もとを目指すのは、又次と澪ばかりだ。

「馬鹿野郎、何だってこっちに来やがるんだ」

「命が惜しか無《ね》ぇのか」

怒鳴られ、小突かれ、突き飛ばされ、それでも澪は必死で又次の背中を追い求める。

黒塗りの大門が見えた。

門越し、右手奥の空が真っ赤に焼けている。仲《なか》の町《ちょう》から道幅一杯のひとが大門めがけて押し寄せてくる。袖門も開放されてはいるが、我先《われさき》に潜ろうとした挙句《あげく》、ひとで詰まって抜けられなくなっていた。逃げ惑う中には遊女たちの姿もあった。

泣き叫ぶ声、怒声に悲鳴、阿鼻叫喚《あびきょうかん》の群れの向こう、二階建ての引手《ひきて》茶屋が仲の町めがけて焼け落ちる。それは残酷にも極めてゆっくりと、ひとびとの頭上に崩れていった。恐怖に引き攣《つ》った老若男女が、なす術《すべ》もなく火の中に呑み込まれていく。

引手茶屋の建ち並ぶ奥に、翁屋はあるのだ。恐ろしいとか怖いとか、考える余裕はなかった。仲の町を襲った焔で人波が切れたところを見計らって、澪は大門を潜り抜けようとした。

「お澪坊、行っちゃなんねぇ」

後ろから、手をぐっと摑まれた。振り返ると、顔半分を血に染めた種市だった。

「旦那さん、一体」

種市の肩を摑んで、澪はその顔を覗き込む。

何処《どこ》かで転倒したのか、頭に深い傷があって、そこから出血している。澪は袂《たもと》から手拭いを引き抜くと種市の傷に押し当てた。

「お澪坊、ここに居ちゃあなんねぇ。頼むから逃げてくんな」

種市は、澪の腕を押さえて懇願《こんがん》する。

ひとりの花魁《おいらん》が若衆に背負われて、火を潜り逃げて来た。花魁は、廓にとっての大切な商売道具。だから、ああして店の者が命を張って守るのか。目を留めて、おそらく野江も、と考えつくと、膝から力が抜けそうになった。

すぐ傍で、鋭い悲鳴が上がる。火の手がいよいよ江戸町《えどちょう》に達したのだ。江戸町一丁目の表通りから、布団を抱えた中年女や、銭箱を抱えた男が飛び出してきた。

な、お澪坊、逃げよう、と種市に腕を取られたまま、戻りかけた時だ。

「手前らの命なんぞより、何より太夫だ。まずは太夫を探せ」

聞き覚えのある怒声がした。

火の粉の乱舞する中、翁屋の楼主、伝右衛門が仁王立ちになっている。翁屋の男たちが水桶を手に、仲の町を突っ切って火へと向かっていくのが見えた。食い止めようとする皆の努力を嘲笑《あざわら》い、火は天を焦がし、廓を舐める。

「何としても太夫を助けだせ」

伝右衛門が声を限りに叫んでいる。

野江はまだ、あの中にいるのか。

一体、どうして。

「旦那さん、堪忍してください」

澪は種市の手を振り解《ほど》き、大門の中へと身を躍らせる。

腕を頭上に翳《かざ》すと、火の粉を避けて、翁屋の方を目指す。澪の目が又次の姿を捉《とら》えた。頭から水を被《かぶ》ったのだろう、全身濡れている。又次さん、と澪の呼ぶ声にも気付かず、男は焔の幕の向こうへと吸い込まれていった。

「翁屋さん」

澪は伝右衛門に駆け寄って、大声で問うた。

「翁屋さん、野江ちゃんは」

伝右衛門は澪を認めて目を剝いたが、相手をしている余裕はない、とばかりに澪を払い除け、若衆や番頭《ばんとう》相手に声を張る。

「太夫はおそらく、摂津屋《せっつや》の旦那と一緒だ。翁屋が焼け落ちる前に、どうあっても助けろ」

「摂津屋の旦那さまはご無事です」

見世番《みせばん》が初老の男を背負って、よろけながら火の中を抜けてきた。煤《すす》で汚れてはいるが、澪もその老人の顔に見覚えがあった。確かに昨年、花見の宴の席で見た上客のひとりだ。

「おお、よくご無事で」

伝右衛門は泣かんばかりに摂津屋に縋《すが》る。

摂津屋は背負われたまま、後ろを振り返って、切れ切れの声を絞った。

「娘の形見を部屋に忘れ、取りに戻ったのが仇《あだ》。太夫まで巻き込んでしまった」

あさひ太夫は摂津屋を先に逃がし、自分も階下へおりようとした矢先、階段が焼け落ちてしまったのだ、という。

何と、と伝右衛門は低く呻いた。

天を焼く火が新たな風を生み、西河岸《にしがし》の方から火柱が上がった。橙《だいだい》に燃え盛る火は、雀躍《じゃくやく》する悪鬼《あっき》の群れに見える。渦巻《うずま》く烈風が容赦なく火の粉を撒《ま》き散らし、ひとびとの髪を、着物を焼いた。

「野江ちゃん」

火の中へ飛び込もうとする澪を、背後から羽交《はが》い絞めにした者が居た。

「お澪坊、駄目だ」

種市が満身の力で、澪を抱き留める。

「お前まで失ったら、俺はどうすりゃあ良い」

羽交い絞めにされたまま、澪は気が違いそうになって焔の奥を見る。

野江はまだあの中に取り残されているのだ。

野江ちゃん

野江ちゃん

澪の絶叫はしかし、遊里を焼き尽くす音にかき消される。

表通りの廓が、奥から順に焼け落ち始めた。粗方《あらかた》は逃げ出せたであろう、と思《おぼ》しきところへ火だるまになった男がひとり、焔の中を抜けてきた。

「登龍楼《とりゅうろう》がやられちまった」

登龍楼の奉公人か、地を転がり、身体の火を消しながら叫んでいる。

「中にまだ人が居るのに燃えちまった」

その声に、伝右衛門は禿頭《とくとう》に手を置き、燃える天を仰いだ。最早《もはや》、刻はない。

「摂津屋さまを早《はよ》う門外へお連れしろ」

伝右衛門が叫んだ、その時。

「旦那、あれを」

摂津屋を背負った見世番が、戦《おのの》く指で燃え盛る火を指し示した。目を凝らすと、火の壁を潜って大きな人影がこちらへ迫る。何かを守るように胸にかき抱いたその人物を認めて、澪は喉も裂けんばかりに叫んだ。

「又次さん」

渾身《こんしん》の力で種市を振り払い、澪は又次に走り寄る。だが翁屋の若衆や伝右衛門が澪を突き飛ばして、又次を取り囲んだ。髷《まげ》が焼け、着物から薄く煙が立つ。煤で真っ黒になった顔には表情がなかった。

又次の胸に守るものの正体に気付いて、伝右衛門は両の手を合わせる。

「おお、あさひ太夫」

濡らした着物に包んでいるらしく、澪の位置からは、べったりと張り付いた布の間の白い素足が見えるばかりだ。

又次の目が、地に倒れたままの澪を捉える。

「又次、ようやった。早うこっちへ」

伝右衛門の伸ばした腕を払い、又次はゆらゆらと澪の傍に歩み寄った。そして両の膝をがっくりと地につけると、胸にひしと抱いていたものを、澪の傍らにゆっくりとおろした。

濡れた単衣《ひとえ》に包まれた、美しいひと。

気を失っているのだろう、閉じた睫毛《まつげ》が微《かす》かに震えている。

「野江ちゃん」

澪は夢中でそのひとに取り縋《すが》った。

刹那、澪の鼻が焦げた髪の臭《にお》いを嗅ぎ取る。身を離して、野江の髪を手で撫でれば、焦げ縮れた髪が固まって落ちた。

「澪さん」

膝をついたまま、又次が前のめりになって澪の肩を摑んだ。その時に初めて、澪は又次の背中の大火傷《やけど》に気付く。否、ただの火傷ではない、焼け落ちる梁《はり》を背中で受け止めたのだろうか、肉が抉《えぐ》れ、骨が覗いていた。立ち込める焼臭に、生臭《なまぐさ》い血の臭《にお》いが混じる。

澪は度を失い、しかし懸命に又次の身体を支えた。

「又次さん」

「澪さん、太夫を……」

言葉途中で力尽き、又次は前へどっと倒れた。

又次さん、又次さん、と澪はおろおろと縋り、その名を繰り返し呼んだ。

又次はわずかに首を捻《ね》じ曲げて、焦点《しょうてん》の合わぬ目を澪に向けた。

「頼む、太夫を、あんたの……あんたの手で……」

声を絞ったのが最期、がくりと頭が落ちた。

「あかん、又次さん、あかん」

澪は又次の身体を揺さ振って、声を限りに叫ぶ。

「逝《い》ったらあかん、逝ったらあかんて」

轟々《ごうごう》と熱風が渦巻いて、背後でめりめりと板壁の裂ける音が響き渡る。火のついた木片が次々に落下し、身を焼かれた者が地に倒れた。

「巽屋《たつみや》が、巽屋が燃えちまった」

気でも触れたか、片目の潰《つぶ》れた若衆がひぃひぃと笑い転げている。

「早う、摂津屋さまとあさひ太夫を門外へ」

伝右衛門の太い声がして、若衆らが野江を担ぎ上げた。

澪は、又次の身体を揺さ振り続ける。

「お澪坊」

種市が澪の腕を封じた。

「旦那さん、又次さんが」

なおも又次に縋ろうとする娘を、種市は抱え込んだまま引き剝《は》がす。

「又さん、堪忍してくんな」

種市は声を絞ると、そのまま、年寄りとも思われぬ力で澪をずるずると大門の方へと引き摺《ず》った。引き摺られながらも又次の名を叫ぶ澪の眼前で、廓の大屋根が音を立てて崩れ落ちる。見る間に又次の身体は火の海に呑み込まれた。

そのあと、どこをどう歩いたのか、よく覚えていない。ただ、薄闇の日本堤、眼下に見た燃え盛る遊里、そんな断片的な記憶だけが残る。種市に手を引かれ、ひたすらに歩いたように思う。気付くと、見覚えのある寺門の前に居た。

上野宗源寺《そうげんじ》。種市の愛娘《まなむすめ》つるが眠る寺だ。

「この上、元飯田町まで帰るのも無理なんで」

種市は住職に手短に事情を話して、今宵《こよい》の宿を請うた。懇意にしていたこともあり、住職は種市と澪を庫裏《くり》に通して慰藉《いしゃ》した。

裸足で通したため酷《ひど》く痛めていた澪の足と、種市の頭の傷とを丁寧に手当てしたあと、事情を文《ふみ》に認《したた》めて、つる家へ使いを出してくれた。又次の菩提《ぼだい》の弔《とむら》いも申し出てくれて、種市はこれを有り難く受けた。

通された寝所で、澪はまんじりともせずに過ごし、夜明けとともに、ひとり黙って寺を抜け出した。足の痛みに耐えて、三ノ輪から日本堤へ。水を湛えた水田に暁天《ぎょうてん》が映り込んでいる。その長閑《のど》やかな風景の奥に、二万七百余坪の遊里は在った。否、確かに在ったはずだった。

皐月三日の七つに、京町《きょうまち》の海老屋《えびや》吉助方より出た火は、余すところなく遊里を焼き尽くし、全てを灰にした。日本堤に立てば、かつてはその堅牢《けんろう》な姿を目に出来たはずが、今は黒く焦げた不気味な残骸《ざんがい》を晒《さら》すのみ。灰色の煙がそこかしこから、薄く立ち昇《のぼ》るばかりであった。

罹災《りさい》したものが諦めきれずに五十間道を下っていく。澪も震えながらあとに続く。大門はすでに形を留《とど》めない。江戸町のあった方へと足を踏み入れる。物の焼けたあとの強烈な臭いが鼻を突いた。足もとの灰はまだ熱を持ち、火種を抱いているのか、ところどころ不気味にぼうっと赤く光る。又次が火に呑まれた辺りも、一面の灰と化していた。澪は身を屈めてそっと灰に手を置いた。

澪さん、太夫を……

頼む、太夫を、あんたの……あんたの手で……

又次の最期の言葉が、澪の胸に帰ってくる。

又次さん、と澪は小さく呼んで、まだ熱の残る灰を握った。骨を拾う替わりにその灰を掌に握り締めて、澪は膝を伸ばした。

朝のうちに、芳とりう、ふきの三人が上野宗源寺へ駆けつけ、住職の唱《とな》える阿弥陀《あみだ》経《きょう》で、又次は懇《ねんご》ろに弔われた。澪の持ち帰った灰は、遺骨替わりに半分を寺に預け、残り半分は小さな壺《つぼ》に納めて、皆でつる家へ連れ帰ることにした。

一帯は、昼過ぎ、土砂《どしゃぶ》降りの雨になった。もう一日早く降ってさえいれば、と誰もが恨めしく思った。

激しい雨に打たれて、つる家の葬列は上野宗源寺を出た。

最期の別れが出来たわけではない。

亡骸があるわけでもない。昨日まで近しく暮らしたひとの命が唐突に断ち切られたことを、容易《たやす》く認めたくはなかった。

誰も口を利かず、豪雨の中、ただ身を寄せ合って、つる家を目指す。

俎橋の半《なか》ばまで辿り着いたところで、種市が傘を外して天を振り仰いだ。

「惨《むご》いことしやがる」

種市は、暗い空へと吠《ほ》える。

「これからって時に、こんな惨いことしやがって」

泥水を啜って生きてきた、と話していた又次。声を上げて笑うようになった又次。つる家のお客に愛される料理人となった又次。

まさに、又次の人生は、これからだったはずなのだ。

脳裡《のうり》に、昨日この橋を渡っていった又次の後ろ姿が浮かぶ。皆、同じことを思ったのだろう、その姿を求めて、俎橋の端から端を声もなく見渡していた。

留守のはずのつる家の前に、ひとの姿があった。伊佐三とおりょうだった。泣きじ

ゃくるばかりのおりょうに替わり、

「又次さん、待ってたぜ」

と、伊佐三が温かく迎えた。

調理場の神棚は封じられ、夫婦の手で内所に又次の弔いの場が設《もう》けられている。

「又さん、あたしがそっちへ行ったら、遠慮せずに口説《くど》いちまいますからね」

内所に置かれた壺に、りうは優しく話しかけた。

種市も芳も、それにりうも、一度に老《ふ》け込んでしまった。ふきは、口を利くことも泣くことも忘れてしまったのか、ただただ悄然《しょうぜん》としている。

「上野宗源寺で弔いは済ませたが、今夜は又さんを忍んで、皆で一杯やるか」

密かに澪を呼ぶと、種市は赤く充血した目をしょぼしょぼさせて、酒と料理を頼めるかい、と言った。

澪が調理を始めたのを察して、ふきが内所から出てきた。気丈に、手伝います、と言うふきに、

「それじゃあ、蚕豆《そらまめ》を焼いてくれる？　あ、その前にちょっと後ろを向いて」

と命じて、後ろ向きにさせる。懐から襷《たすき》を取り出すと、ふきの袖をたくし上げてきりりと結んだ。

「澪姉さん、これ……」

　ふきが驚いた顔を澪に向ける。

　澪は一度ぎゅっと唇を噛み締めると、声が震えないように気持ちを整えた。

「ふきちゃんに使ってほしい、って。そのつもりだったのに、伝え忘れてた、って又次さん、そう言ってた」

　澪の言葉に大粒の涙がぼろぼろと零《こぼ》れて、堪《こら》えきれずふきは顔を覆って泣きじゃくった。又次の訃報《ふほう》を受けてから、初めて見せた涙だった。

　澪は両の手を少女の腕にかけて、ふきちゃん、聞いて頂戴《ちょうだい》、と静かに、けれどもきっぱりした口調で言った。

「明日から又次さんの替わりに、私がふきちゃんにお料理を教えるから。だから、しっかり付いてくるのよ」

　常ならば抱き寄せて背中を撫でるはずのひとが、厳しい声で諭《さと》すのに驚いたのか、ふきは顔を覆っていた手を外した。それでも、澪の真摯な眼差しを受け止めると、ふきは、はい、と応えた。

　雨足は少しばかり弱くなったが、まだ降り続いている。

　澪は灯明皿《とうみょう》を手に土間伝いに入口へ回り、引き戸を開けた。床几《しょうぎ》を軒下へ引っ張り出すと、薄い灯《あか》りを頼りに軒を見上げる。又次の作った柚べしがひとつ、ぶら下がっていた。

床几に乗って腕を伸ばし、慎重に紐の結び目を解いた。無事に塊を手に床几を下りようとして、燕の巣に気付く。

爪先《つまさき》立って巣の中をそっと覗けば、雛の姿はなかった。燕の雛は、たとえ巣立ちしても、暫くは夜になれば巣に戻るのが常なのに、と澪は唇を結んだ。この雨だ、悪い方にしか考えが及ばなかった。

気を取り直し、調理場に戻って、柚子を包んでいた晒しの布巾を外す。俎板に載せ、慎重に包丁を入れていく。味噌の匂いに柔らかな柚子の香り。

澪は包丁を手にしたまま、天を仰いだ。野江の髪の焦げた匂いをきっかけに、嗅覚が戻った。その廻《めぐ》り合わせの皮肉。

鼻からすっと深く息を吸い込む。柔らかな柚子の香りが、火事場の臭いの記憶を押しやってくれた。

「やっぱり、又さんには調理場が似合うからよぅ」

掌に収まる大きさの壺を胸に抱いて、店主は内所から調理場の板敷に移った。最後の日、又次を囲んだ通りに、それぞれが席に着く。土間に床几を持ち込んで、伊佐三とおりょうはそこへ並んだ。種市は、ちろりから注いだ酒を壺の前に置いた。薄く切った柚べしを扇状《おうぎ》に並べて皿に盛り、座の中ほどに据える。柚べしに纏《まつ》わる経緯《いきさつ》を思い出したのだろう、りうが洟を啜っている。

「あんまり湿っぽいと又さんに嫌われるぜ。さ、食おう」

店主の言葉を合図に、それぞれが箸を取る。

澪は柚べしに箸を伸ばした。味わいに専心するため、両の瞳を閉じる。まず味噌の深い味、ひと呼吸置いて柚子の優しい味がふっと舌の奥に届く。奥歯で噛むと胡桃《くるみ》と松の実が心地よい。

何と繊細で趣《おもむ》きのある料理だろう。

これこそ澪に食べさせたい、と又次が願った味なのだ。

作り手は、もうここには居ない。だが、作り手の料理に込めた祈りは、この場に満ち溢れている。又次を失い、悲しみに潰れそうな心に、その祈りが優しく寄り添う。

「美味しい」

澪はしみじみとそう洩らした。

喪の場ではあるけれども、「美味しい」という言葉ほど、この料理に似合うものはない。そう思った途端、又次の笑顔が浮かんで、涙が溢れた。

お澪坊、と種市が箸を置く。

「味が、味がわかるのか」

はい、と澪が答えると、種市は膳を除《の》けて迫った。

「なら、匂いもわかるんだな？」

店主の問いかけに、澪は返事の替わりに深く頷いてみせる。

芳が両の掌で口を覆った。りうは洟を啜り上げ、ふきは顔をくしゃくしゃにして泣いている。おりょうは伊佐三に縋《すが》り、店主は、そうか、そうか、と繰り返して握り拳で瞼《まぶた》をこすった。

「又さんが居れば、どれほど喜んだことか」

泣きながらのりうのひと言に、皆、揃って又次の席に目を向けた。

つい先日までそこに居たひとの不在が骨身に沁みてくる。日を追うにつれ、さらに辛く寂しくなることを、ここに居る誰もが知っていた。それでもひとはその喪失に耐え、前を向いて生きていく。

又さんよう、と種市は壺に話しかける。

「明日からまた、つる家は店を開けるぜ。もう何処《どこ》にも行かねぇで、俺たちとここで一緒に居てくんなよ」

親父さん、と伊佐三は呼んで、

「又次さんが何時《いつ》でも皆を見ていられるように、調理場に――そうだな、このあたりに棚を作っても構わねぇか」

と、板敷の一角を示した。


翌朝、つる家はいつも通りに店を開け、店主は早くから仕入れに出かけた。芳とふきは座敷の掃除に余念がない。皆の働く様子を、調理場の棚に据えられた壺が見守っている。

朝方まで続いた雨が漸《よう》く止《や》んだことに安堵しながら、澪は笊を干すために表へ出た。ちゅびちゅび、という鳴き声に気付き、通りの方へ出て、周囲を見回す。まあ、と澪は思わず手を合わせた。三羽の燕が、つる家の二階の桟《さん》に並んで止まっているのだ。雨の中を生きていたことに、さまざまな想いが込み上げる。

軒下に目をやると、腕を組んで巣を見上げていたひとの姿が、今もそこに在る。

――こんな俺でも、この世に生まれた甲斐があったってもんよ
その声が耳に蘇った途端、澪の視界は潤んだ。

ふいに、二階の窓からふきが顔を出した。

三羽の雛は驚いて、ぱっと飛び立つ。

「澪姉さん」

ふきが雑巾を手にしたまま、九段坂の方を指差した。

坂を見上げて、澪は息を吞む。

九段坂の果て、深い青を湛えた空に、大きな虹が架かる。菫《すみれ》から淡青、緑から黄、そして樺《かば》から赤へ。彩《いろど》り豊かな、見事な虹だ。弧を描く虹は、天に架かる橋に似て、儚《はかな》くも美しい。その輝く橋を目指して、三羽の燕がついと飛んでいく。

夏天《かてん》の虹の向こうに、大きく手を振る又次の姿が見えた。

巻末付録

澪の料理帖

滋《じ》味《み》重《おも》湯《ゆ》

材料
米……100cc
水……1100cc

ひとこと
お粥のうち、ご飯部分を除いたものが重湯です。上述のように上澄みを掬うほかに、笊で漉《こ》しても構いません。今回はご飯と重湯がおよそ半々の「五分粥」。残りのご飯部分は塩を加えて召し上がれ。

下ごしらえ
＊お米はよく研いで、笊《ざる》に上げ、水を切っておきます。

作りかた
1厚手の鍋《なべ》に洗い米を入れて、分量の水を加え、蓋《ふた》をして火にかけます。始めは強火、煮立ったら蓋をずらし、弱火にしてことこと40分ほど炊きましょう。
2火を止め、蓋をして10分ほど蒸らします。
3出来上がったお粥《かゆ》は決して混ぜずに、上の重湯部分をそっと掬《すく》い取ります。

牡蠣《かき》の宝船

材料（1舟分）
剝き牡蠣……3～5個
日高昆布……1枚
（幅12㎝ほど、長さ25㎝ほど）
酒……大さじ2分の1
干瓢……適宜
柚子……適宜

下ごしらえ

＊昆布《こんぶ》は水に浸けて、柔らかく戻しておきます（旨みが逃げるので浸け過ぎ注意）。

＊干瓢《かんぴょう》は戻しておきましょう。

作りかた

1　昆布を船形にします。両端を干瓢で結んで、指で底を広げるようにして形を整えます。

2　1の底に牡蠣を並べて、網に載せて火にかけます。

3　昆布に火が回ったら、牡蠣にお酒を振りかけて蒸し焼きにします。

4　牡蠣に火が通れば完成です。お好みで柚子《ゆず》を絞り入れ、はふはふして召し上がれ。

ひとこと

日高昆布は幅の狭いものが多いですので、12㎝あるかどうか、お確かめください。パック詰めでない牡蠣を使う場合、塩水で振り洗いするか、大根おろしで揉むなどして汚れを取っておいてください。

又《また》次《じ》の柚《ゆ》べし

材料（5個分）
柚子……5個
赤味噌……150g
砂糖（三温糖）……50g
酒……大さじ2分の1
味醂……大さじ2分の1
胡桃……40g
松の実……20g
晒し布巾……5枚
紐……5本

下ごしらえ

＊柚子《ゆず》は洗い、上から4分の1くらいを横に切り落とし（これが蓋《ふた》になります）、スプーンなどで中をくり抜いてしまいます（こちらが身です）。あとで身と蓋とがぴったりと合わないと困りますので、5個それぞれ、きちんとペアがわかるようにしておきましょう。

＊胡桃《くるみ》と松の実は、それぞれ乾煎《からい》りして、冷ましておきます。

作りかた

1 赤味噌と砂糖、酒、味醂《みりん》を擂《す》り鉢《ばち》で丁寧に擂り合わせます。

2 1に冷ました胡桃と松の実を加え、全体をざっくり混ぜます。

3 柚子の身の方に2を詰めます。へらなどを用いて、まずは内側の肌に塗りつけるようにして、それから7分目あたりまでしっかり詰めてください。詰め終えたら、切り離しておいた蓋をします。

4　3を蒸し器で1時間ほど蒸します(中火)。

5　蒸し上がったら充分に冷まし、晒《さら》し布巾《ふきん》(キッチンペーパーで代用可)に包んで、巾着《きんちゃく》の形にして上部を紐《ひも》で結びます。

6　風通しの良い軒下に吊《つ》るし、1か月以上、寒風に晒して完成です。

ひとこと

甘い餅《もち》菓子からお酒の肴《さかな》まで、「ゆべし」と呼ばれるものには、様々な種類があります。又次の柚べしは保存食として考えられたものをベースにしています。日持ちはしますが、なるべく2か月のうちに薄く切って召し上がれ。

鯛《たい》の福探し（鯛の粗《あら》炊《だ》き）

材料
鯛の粗……1尾分
酒……300cc
味醂……60cc
砂糖……20g
醤油……大さじ4

下ごしらえ
＊鯛の粗《あら》は熱湯で霜降りにし、手早く冷水に取って、丁寧に鱗《うろこ》や汚れを取り除いておきます。

作りかた
1 鍋《なべ》に鯛の粗、酒、味醂《みりん》を入れて、火にかけます。あくを取りながら強火で炊いていきます。
2 1に砂糖を加えて、煮汁が3分の2くらいまで減ったら、火を弱め、醤油《しょうゆ》を加えて落とし蓋《ぶた》をし、さらにことこと煮ましょう。
3 煮汁が少なくなったら、匙《さじ》などで煮汁を粗に回しかけて煮詰め、照りを出して完成です。

ひとこと
鯛の九つ道具、というのは「鯛石《たいせき》」「三つ道具（鍬《くわ》、鎌、熊手）」「鍬形」「鯛之福玉《たいのふくだま》」「小龍《こりゅう》」「竹馬《ちくば》」「鳴門骨《なるとほね》」「鯛中鯛《たいちゅうのたい》」「大龍《だいりゅう》」を指します。買ってきた粗で9つ全部を見つけることは難しいけれど、鯛中鯛だけでも十分嬉《うれ》しいですよ。是非、お試しください。

特別付録

みをつくし瓦版

インタビュー／りう　版元／神田永富町坂村堂

皆さま、「りうの質問箱」に沢山のお便りを頂き、ありがとうございます。あたしゃもう嬉しくてありがたくて、曲がった腰まで伸びちまいそうですよ。今回は頂戴したご質問の中でも特に多かったものについて、作者に尋ねてみましょうね。

りうの質問箱1　料理の値段

つる家の料理の値段は、今でいうとどれくらいですか？

作者回答

は、実はとても難しいのです。ただ、一応の目安として、私は一文を三十円と考えています。つる家で出す料理は二十文から三十文前後。つまり六百円から九百円ほどになります。屋台のかけ蕎麦《そば》が十六文ほどですから、少し追加すればつる家で食事が楽しめる、という値段にしてあります。

りうの質問箱2　料理本について

はてなの飯や胡麻塩など、巻末に掲載されていない料理のレシピを知りたいです。料理本を出す予定はないのですか？

作者回答

同じご要望はシリーズ開始当初より実に多くお寄せ頂いています。お待たせして申し訳しますね。はてなの飯も、胡麻塩も、是非、お試しくださいませ。

りうの質問箱3　今後の展開について

毎回、主人公や登場人物に降りかかる艱難《かんなん》辛苦に胸が痛いです。今後の展開で何とかなりませんか。

作者回答

これに関してはどうお答えして良いものか……。今回の胸痛む展開、それに後述の件で、申し訳のない思いで一杯です。ただ、作品の根底に在るのは「雲外蒼天《うんがいそうてん》」ですから、ともに見上げる真っ青な空を信じて、最後までお付き合い頂けませんでしょうか。

いつも「みをつくし料理帖」をご愛読頂き、心から感謝いたします。これまで年に二冊のペースで刊行して参りましたが、次巻まで一回分、お休みを頂きたく存じます。長年温めていた題材の資料が時の経過とともに失われていくことを危惧し、その取材と執筆に専念させて頂きたいのです。次巻の発売を心待ちにしてくださる読者の皆様にはお詫びの言葉もありませんが、作者の我《わ》が儘《まま》をどうかお許しくださいませ。

☆まったく、我が儘にもほどがありますよ。一層良い物語にしないと、あたしゃ許しませんからね。さて、この瓦版では引き続き、皆さまからのご質問をお待ちします。（りう）

宛先はこちら

〒一〇二-〇〇七四
東京都千代田区九段南二-一-三〇 イタリア文化会館ビル五F
株式会社角川春樹事務所　書籍編集部
「みをつくし瓦版質問箱」係

本書は時代小説文庫（ハルキ文庫）の書き下ろし作品です。

時代小説文庫

た 19-8

夏天《かてん》の虹《にじ》 みをつくし料理帖《りょうりちょう》

著者 髙田《たかだ》 郁《かおる》

2012年3月18日第一刷発行
2017年5月28日第十八刷発行

発行者 角川春樹

発行所 株式会社 角川春樹事務所
〒102-0074 東京都千代田区九段南2-1-30 イタリア文化会館

電話 03(3263)5247[編集] 03(3263)5881[営業]

印刷・製本 中央精版印刷株式会社

フォーマット・デザイン＆シンボルマーク 芦澤泰偉

ISBN978-4-7584-3645-8 C0193

http://www.kadokawaharuki.co.jp/[営業]
fanmail@kadokawaharuki.co.jp[編集] ご意見・ご感想をお寄せください。

髙田郁の本

想い雲
みをつくし料理帖

版元の坂村堂の雇い入れている料理人に会うこととなった「つる家」の澪。それは行方知れずとなっている、天満一兆庵の若旦那・佐兵衛と共に、働いていた富三だったのだ。澪と芳は佐兵衛の行方を富三に聞くが――。「みをつくし料理帖」シリーズ、第三弾!

今朝の春
みをつくし料理帖

月に三度の『三方よしの日』、つる家では澪と助っ人の又次が作る料理が評判を呼んでいた。そんなある日、伊勢屋の美緒に大奥奉公の話が持ち上がり、澪は包丁使いの指南役を任されて――。「みをつくし料理帖」シリーズ、第四弾!